유
혹

4

유혹

4

권지예 장편소설

민음사

2부

2부

세상의 기원

"벌려 봐."

"싫어!"

"괜찮다니까!"

"싫다니까!"

온통 어둡고 갑갑한 땅굴 같은 통로를 유미는 헤매고 있다. 게다가 바닥은 개펄처럼 푹푹 발이 빠진다. 여길 어떻게 빠져나가야 하나. 유미는 아득한 기분에 숨이 막혀 왔다. 갈수록 캄캄한 암흑이고 숨은 더 가빠 왔다. 여긴 도대체 어디일까? 끝도 없는 갱도일까? 세상의 끝일까? 마지막 숨을 내쉰다는 끔찍한 기분이 드는 순간, 갑자기 빛이 터졌다. 커다란 렌즈를 부착한 카메라를 얼굴에 바짝 대고 한 남자가 사진을 찍고 있다. 카메라 때문에 그의 얼굴은 보이지 않으나 목소리는 또렷하다.

"바보야. 봐, 봐! 이게 바로 세상의 기원이야."

카메라를 내린 남자가 활짝 웃으며 말했다.

"뭐가 부끄러워? 여기가 바로 인류의 기원이 시작되는 위대한 문인데!"

남자는 이유진이다.

너, 안 죽었어?

유미는 벌떡 일어나 앉았다.

아아, 꿈이었구나. 늦겨울 흐린 날씨로, 커튼 너머는 연회색으로 희붐했다. 벌써 정오가 다 되어 가는 시각이다. 일조량이 적은 파리의 겨울은 농담의 차이만 있을 뿐, 늘 수묵담채화처럼 무채색이다.

왜 그런 꿈을 꾸었을까? 어제 오르세 미술관에서 그 그림, 귀스타브 쿠르베의 「세상의 기원」이란 그림을 보고 왔기 때문일까? 그 그림은 알몸으로 다리를 벌리고 누운 여체의 음부를 적나라하게 그린 그림이다.

10년 전 여름, 이유진은 유미와 오르세 미술관의 그 그림을 보고 와서 유미의 그곳을 카메라에 담았다. 그때, 둘이서 실랑이를 벌였던 그날의 대화를 꿈속에서 다시 듣다니. 마치 거대한 여자의 질 속을 헤매는 것처럼 질척하고 어둡던 꿈에서의 느낌이 다시 되살아났다. 그리고 마지막에 여름 오후의 햇빛 속에서 카메라를 내리고 눈부시게 웃던 이유진의 얼굴도 생생하게 떠올랐다. 너무 현실적인 모습이어서 잠시 소름이 끼치고 지나갔다.

그때 찍은 사진도 생생하게 기억났다. 쿠르베의 그림을 그대로 패러디한 사진. 그때 유미는 유진이 찍은 자신의 그곳을 보고 어쩌면 여자들의 그 부분은 동서양이 이렇게 비슷한 걸까, 생각했다. 추하다고는 생각하지 않았지만 그렇다고 감탄할 만큼 아름답지도 않았다. 그러나 사진작가 유진은 기쁨과 만족에 들떠 있었다.

"아, 정말 아름다운 오브제야."

"엉큼하긴."

"이곳이 바로 역사적인 장소 아니냐? 인류가 여기서 나오고 세상의 역사가 여기서부터 출발한 거잖아."

"맞는 말이긴 하지. 불어에서 '몽드(monde)'의 뜻은 '세상'도 되고 '사람'도 되니까. 남자들은 모두 세상 빛을 보게 해 준 여자들에게 정말 늘 감사해야 해. 그러니까 여자가 남자보다 더 위대해."

"쿠르베는 어떻게 150년 전에 이런 혁명적인 발상을 한 걸까?"

"치이, 엄청난 재산가에다 바람둥이인 터키 대사의 주문을 받고 그렸다잖아. 그냥 자위용으로 그려 준 거 아닐까? 인류의 기원이 그곳으로부터 시작된다는 위대한 명분 아래 남자들은 그곳에서 나오는 것에는 관심 없고 오로지 그곳으로 들어가는 것에만 광분하잖아. 세상의 기원, 그런 거 찍으려면 산부인과 분만실 가야 되는 거 아냐? 이 사진, 자기도 자위용으로 찍은 거 아냐?"

유미의 분석과 지적에 어깨를 으쓱하며 웃기만 하던 유진.

"봐, 찔리지?"

"누가 찔린대? 네가 너무 날카롭게 분석하니까 감탄해서 그러지. 어이구, 우리 똑순이!"

유진이 팔을 벌려 유미를 안으며 말했다.

"난 말이지. 자위용으로만 안 쓸 거야. 너를 오브제로 예술을 할 거야."

그때 유진의 품에서 맡은 그의 몸의 땀 냄새까지도 생생하게 되살아났다.

현실로 돌아온 유미는 침대에서 일어나 드립 커피를 만들어 한잔 마시면서 방을 둘러본다. 이곳은 프랑스 파리. 모든 걸 끊고 작별 인사조차 제대로 나누지 않고 홀로 서울에서 떠나온 지 한 달째. 세상에 하나밖에 없는 딸 설희만 만나고 떠나왔다. 이제 곧 고3이 되는 딸에게 엄마 구실을 제대로 못 한 유미지만 자신의 전철을 밟게 하고 싶진 않았다. 이제부터 정신 차리고 공부 열심히 하면 엄마가 네 장래를 위해서 얼마든지 경제적으로 도와줄게. 딸을 이렇게라도 안심시켜 주고 싶었다. 성인이 된 뒤 딸이 자신을 이해해 줄 날이 있으리라는 건 유미의 몇 안 되는 행복한 상상 중 하나였다. 블로그도 폐쇄하고, 쓰던 휴대폰도 없애고, 서울을 떠나 유미는 이곳 파리의 한 아파트 꼭대기 층에 잠시 둥지를 틀었다.

이 방은 10년 전에는 유진의 방이었다. 사실 이 방을 찾아 들어올 생각은 없었다. 호텔에서 일주일 머무르며 방을 구했지만 마땅한 곳이 없었다. 파리 시내의 호텔비는 그야말로 장난이 아니다. 결국 예전의 친구 폴에게 전화를 걸었다. 폴은 파리 시내에 있는 몇 개의 스튜디오를 부모로부터 물려받아 임대를 놓고 있었다.

"유미, 얼마나 있을 건데?"

"그게…… 아직 잘 모르겠어요. 일단 좀 쉬고, 상황 봐서 정하려고요."

"그럼 곤란해. 여긴 1년 미만짜리 단기 임대는 나와 있는 게 거의 없어. 게다가 이곳에서 확실히 월급 받는 사람 아니면 예전보다 방

얻기가 아주 힘들어."

"그러니까 쏠에게 얘기하는 거죠."

"아, 유미가 어떻게 생각할지 몰라 얘기 안 했는데, 예전에 유진이 쓰던 방이 잠깐 비어 있어. 세입자가 사정이 있어서 한 달 늦게 들어올 것 같아. 거기 있으면서 방을 알아봐. 나도 알아봐 줄게. 어때?"

"글쎄요……"

"뭐, 거의 10년 전 일이잖아. 방은 그사이에 가구도 바꾸고 수리도 하고 해서 옛날 생각은 별로 안 날 거야."

유미는 잠시 생각하다가 대답했다.

"좋아요."

안 그래도 한번 와 보고 싶긴 했다. 한 달씩 살기에는 기분이 썩 내키는 곳은 아니지만, 방 구하기가 하늘의 별 따기라니, 일단은 선택의 여지가 없었다. 호텔에서 이곳에 들어온 지 이제 보름 정도 되었다. 쏠의 말대로 실내 인테리어와 가구를 바꿔서 예전 기억은 별로 나지 않았다. 오히려 파리에 처음 살 때의 설렘이 느껴져서 좋았다. 유진의 흔적은 어디에도 없었다. 유진의 유품이 든 가방이 있었다는 욕실 천장도 바뀌어 있었다. 물론 가방도 있을 리 없었다. 그런데 그런 꿈을 꾸다니…… 이제 이 방도 빨리 떠나야 할 텐데…….

창을 열면 파리의 회색빛 지붕과 주황색 굴뚝 들이 보이고 저 멀리 에펠탑이 보인다. 예전엔 이곳에 있으면 「파리의 지붕 밑」이란 오래된 흑백영화와 노래가 생각났다. 그리고 눈 아래의 수많은 지붕들을 바라보며 저물녘 둥지로 돌아온 새처럼 안심이 되고 아늑

해졌다. 그렇게 따스하고 행복한 기억도 이 방은 간직하고 있다.

그러고 보면 희미한 옛사랑의 그림자는 도처에 깔려 있었다. 동네 주변은 여전했다. 유진과 자주 가던 모퉁이의 카페도 그대로 있었고, 카페 주인도 좀 더 늙었을 뿐 건재했다. 파리는 10년이 지나도 서울처럼 쉽게 변하는 곳이 아니다.

창을 열어 유미는 밖을 내다본다. 겨울의 습기가 밀려들어 온다. 파리의 흐린 하늘을 바라보고 있자니 10년이란 세월 너머의 기억들이 아스라이 밀려왔다.

유미는 이유진을 처음 만난 날을 떠올렸다.

4월의 어느 맑은 날이었다. 세상은 화사한 봄이었지만, 유미는 화중지옥(花中地獄)이란 게 이런 거구나 싶게 참담한 봄을 보내고 있었다. 논현동의 룸살롱에서 새끼 마담을 하고 있었는데, 호스티스 여자애들이 속을 썩이거나, 사고가 나거나 해서 하루도 편할 날이 없었다. 게다가 진호와 몰래 동거를 하고 있던 때였다.

효수의 도박과 폭력, 시집의 냉대 속에서 괴로워하던 유미가 집을 뛰쳐나와 '수빈'에서 일할 때 아르바이트로 웨이터를 하던 진호를 만났다. 유미를 보고 첫눈에 꽂힌 진호는 유미를 찾아내 패악을 치던 효수로부터 몇 번인가 유미를 보호해 주었다. 그 후 착하고 순수한 진호는 자신이 유미를 지켜 주겠다며 웨이터를 그만두고 고시를 준비하겠다고 했다. 그렇지만 그는 큰 기대를 할 수 없는 백수였다. 가난한 진호는 미안해하면서도 유미를 절대 떠나려 하지 않았다. 오히려 유미의 전남편 정효수가 이혼을 해 주려 하지 않던 기간을 겨우 벗어나 유미가 이혼을 하게 되자, 자신이 마치 남편이나 되는 것처럼 굴었다. 그의 집착이 심해질수록 유미는 점점 더 숨이 막혀 왔다. 겨우 정효수로부터 벗어났는데 손진호라는 남자에게 노예 계약이 승계된 것 같았기 때문이다. 진호는 빈대인 주제에 유미 입에서 술 냄새만 나면 그 짓 당장 때려치우라며 싸움을 걸었다. 그럼 당장 나를 먹여 살리라고 유미가 울면서 대들면 그는 유미를 껴안고 함께 울었다. 엄마에게 손을 벌릴 수도 없었다. 유미의 이혼을 말리던 엄마는 유미가 이혼하자 더 이상 엄마라 부르지도 말라며 의절 선언을 했다.

말이 새끼 마담이지 유미 손으로 들어오는 돈이 쥐꼬리만 해서 유미는 몰래 포르노를 찍었다. 손님 중에 포르노를 제작하는 남자가 집요하게 꾀었다. 유미는 진호의 아기를 가졌지만, 이를 악물고 헤어질 생각으로 아이마저 지우고 포르노를 찍었다. 그걸 알고 진호는 유미에게 손찌검을 했고, 유미는 집을 나가 버렸다. 그러나 다음 날이면 유미는 병원에서 진호를 또 만나야 했다. 그는 손목에 붕대를 감고 있었다. 인생이 진창에 빠져 헛도는 타이어 같은 시절이었다. 아무리 구렁텅이에서 벗어나려 해도 절망만이 찰떡처럼 붙던 진흙탕 같은 인생. 차라리 그게 서서히 빠져 죽게 되는 늪이었으면 싶었다.

게다가 엄마 또한 의문의 죽음으로 세상을 떠난 게 겨우 몇 달 전이었다. 유미는 꿈에서라도 엄마를 만나면, 어떻게 죽으면 세상에서 가장 편안한 죽음인지 죽은 엄마한테 묻고 싶었다. 밤마다 눈을 감으면 이대로 흙 속에 묻혀 다음 날 아침에는 빛을 보지 않게 되기를 바랐다.

그 무렵에 한 남자가 전화를 걸어 왔다. 단골인가 싶었지만, 모르는 남자였다.

"안녕하세요? 오유미 씨죠?"

"예…… 그런데요."

본명을 묻는 걸 보니 업계 쪽의 인연은 아니었다.

"저는 파리에서 온 이유진이라는 사람입니다."

"파리요?"

유미는 도무지 감이 안 잡혀서 요즘 새로 문을 연 파리라는 이름의 룸살롱이 있던가 잠깐 생각했다. 아님 파리다방? 그런 이름은 구식이라 이제는 사라진 지 오래인데…….

"프랑스 파리에서 사진 공부를 하는 사람입니다. 어떤 분의 심부름으로 오유미 씨를 만나야 되거든요."

"저를요? 왜요? 누가요?"

"하하…… 그렇게 한꺼번에 물으시면 대답하기 힘듭니다. 우선 세 가지 질문 중 첫 번째 질문에만 대답하겠습니다. 예, 그렇습니다. 그러나 나머지 질문에는 대답할 수 없습니다. 저도 모르니까요."

"그렇다면 저는 더더욱 만나지 않겠어요."

"좋습니다. 저는 나쁜 사람도 아니고, 더더군다나 개인적으로 오유미 씨에게 해를 끼칠 이유도 없는 사람입니다. 오히려 좋은 일을 부탁받은 사람인데…… 이름이 알려지길 원하지 않는 독지가분이 오유미 씨의 재능을 안타까워하면서 유학 자금을 대시겠다고 합니다."

"네에?"

유미는 자신의 귀를 의심했다. 복권에 당첨됐다 해도 이보다 황당하진 않을 거 같았다. 적어도 자신이 복권을 사긴 했을 테니. 그런데 이건 무슨 뜬금없는 소리인가?

"그럼 내일까지 생각을 한번 해 보십시오. 그래도 만나기 싫으시다면, 글쎄 제가 그냥 오유미 씨의 통장으로 입금을 해 드리는 수밖에 없습니다. 그분께서는 오유미 씨의 미술 재능을 꽃피우기 위해 프랑스에서 유학하길 바라시고, 또 제가 그곳에 있으니 정착하는 데 도움을 주라고 하셨거든요. 그럼, 제 연락처를 알려 드리겠습니다."

유미는 남자의 연락처를 받아 놓고는 연락하지 않았다. 그다음 날, 남자가 다시 전화를 했다.

"모르는 남자가 황당한 이야기를 하면서 만나자고 하니 여자분이 경계심을 가질 만도 합니다. 그럼 제가 오유미 씨가 일하시는 데로 찾아갈 수 있습니다."

"아니, 그러실 필요 없어요. 제 계좌 번호를 알려 드릴 테니 입금을 해 주시겠어요? 그러면 제가 연락드릴게요. 그런데 프랑스로는 언제 돌아가시는데요?"

"일주일 후입니다. 알겠습니다. 그럼 제가 부탁받은 돈을 입금하겠습니다. 계좌 알려 주세요."

유미는 은행 계좌 번호를 불러 주었다.

"바로 입금하겠습니다. 그럼 안녕히 계세요."

남자는 목소리로 보나 분위기로 보나 아주 예절 바르고 바른 사람인 거 같았다. 원래 사기꾼은 그런가? 하지만 사기꾼이라고 생각하고 싶진 않았다. 게다가 사기꾼은 돈을 뜯어 가는 사람인데 이 사람은 돈을 주겠다는 사람 아닌가. 돈이 얼마냐고는 물어보지 못했다.

다음 날 계좌로 들어온 돈은 3000만 원이었다. 당시로서는 큰돈이었다. 유미는 두려웠다. 어쨌든 남자를 만나 보는 게 나을 것 같았다. 다만 사람이 많은 안전한 장소에서 만나야 할 것 같았다. 유미는 남자에게 전화를 걸었다. 그리고 벚꽃 놀이가 한창인 여의도로 남자를 불러냈다. 남자는 덕분에 한국의 벚꽃을 오랜만에 볼 수 있게 됐다며 좋다고 환호성을 지를 태세였다.

"아 참, 서로 못 알아볼 텐데, 저는 노란 양복 재킷을 입고 갈 겁니다. 한국에선 그런 옷차림이면 금방 눈에 띄겠죠?"

노란 양복의 사나이라…… 여의도 윤중로의 만개한 벚꽃 사이에서 청바지에 노란 양복 재킷을 입은 남자는 정말 눈에 금방 띄었다. 벚꽃은 절정이 지나 바람에 조금씩 나부끼고 있었다. 나무 밑에 서 있는 그의 머리에도 꽃잎이 몇 개나 떨어져 있었다. 남자는 유미를 보자 환하게 웃었다. 만개한 벚꽃 아래여서일까? 남자의 웃음은 유미의 어두운 마음마저 환하게 밝히는 묘한 마력이 있는 것 같았다. 그래서일까. 유미 또한 처음 보는 남자의 미소에 저절로 환한 미소로 화답을 하고 있었다. 서로 그런 미소를 주고받자 의심은 이상하게 사그라졌다.

"좀 걸을까요? 벚꽃 길이 환상적이네요."

남자가 유미의 대답을 기다리지 않고 머리 위 휘늘어진 꽃가지를 잠시 바라보다가 호르르 날리는 꽃잎을 바라보며 걷기 시작했다. 유미가 커다란 나무 밑에 서서 그를 바라보며 물었다.

"다시 한 번 묻겠는데 누가 무슨 목적으로 제게 이렇게 큰돈을 주시는 거죠?"

남자가 그런 유미를 보고 진지하고 더 없이 솔직한 표정으로 말했다.

"죄송합니다. 그건 아쉽게도 대답을 못 해 드린다고 하지 않았습니까?"

"그럼, 알고 있는 걸 먼저 다 말씀해 보세요."

"오유미 씨에게 유학 정착금 조로 목돈을 드리고, 유미 씨가 프랑스에 와서 공부할 때 정착하는 것을 도와주라고 했어요. 저도 자세한 건 모릅니다."

"제가 이 돈으로 유학을 가지 않고 제멋대로 쓰면 어떻게 되는 거죠?"

"글쎄요. 그건 목적에 어긋나는 거 같은데요. 아마도 그분은 현재의 오유미 씨에게는 그것이 긴급하고도 최선의 방법이라 생각하여 호의를 베풀려는 거 같습니다."

아닌 게 아니라 유미 또한 지옥 같은 굴레를 벗기 위해서는 어디론가 떠나는 방법이 최선이란 생각이 들었다. 그런데 그런 상황을 잘 알고 이렇게 처방을 내려 주는 그는 누구란 말인가. 갑자기 머리 위로 꽃비가 우수수 쏟아졌다. 놀라서 가지 위를 올려다보니 남자가 소리 내어 웃었다. 남자가 신발로 나무둥치를 툭툭 차며 장난을 치고 있었던 것이다.

"행운의 여신이 오유미 씨를 찾아온 모양이에요. 이런 기회는 인생에 겨우 한두 번 올까 말까 한 행운 아닙니까? 아, 저한테는 왜 그런 행운이 찾아오지 않는지……."

그제야 유미는 노란 양복을 입은 남자의 얼굴을 자세히 바라보았다. 가만히 있으면 약간 심각해 보이는 얼굴이지만 웃으면 금방 장난꾸러기처럼 밝고 천진해 보이는 남자였다.

"노란 양복 잘 어울리세요."

유미가 처음으로 남자에 대해 언급했다. 연예인도 아니고 어떻게 노란 양복을 입을 수 있는 거지? 처음엔 그렇게 생각했지만, 볼수록 어울렸다.

"파리 물 좀 먹었다고 이러느냐고 속으로 욕하시는 건 아니죠? 색감에 둔한 우리나라 남자들 옷 입는 거 보면 제가 다 답답해요."

"사진을 공부하신다고요? 그럼 작업도 좀 하세요?"

"예, 함께 병행하고 있어요. 저도 공부 시작한 지 2년밖에 안 돼요. 늦게 시작했는데 정말 재미있어요."

"일주일 후에 프랑스 가시면 저도 그때까지 정리하고 가야 하나요?"

"꼭 그러실 필요는 없습니다. 제 파리 연락처를 드릴 테니 이곳 정리하고 나서 제게 연락하시면 되죠, 뭐. 진로에 대해서도 생각을 좀 해 놓으시고요. 말이 도와 드리는 거지 도움이 별로 안 될 겁니다. 저도 이래저래 바쁘고요. 오유미 씨가 홀로 자력갱생하셔야 할 거예요. 파리는 생각만큼 낭만적인 곳은 아니지만, 예술을 하기 위해서라면 인생에서 한 번은 거쳐야 하는 곳이라고 생각합니다."

그렇게 이유진을 만나고 돌아와서 유미는 오래 생각할 것도 없이 바로 떠날 결심을 했다. 누가 주는 돈이든 조건 없이 준다는데, 어떤 소건이라도 지금 이 생활보다는 나을 거 같았다. 아니, 죽는 거보다는 나을 거 같았다. 유미는 비밀리에 서서히 출국 준비를 해 나갔다. 유미가 파리에 가서 연락하겠노라고 하자 일주일 후에 이유진은 떠났다. 그리고 한 달 후에 유미는 진호에게 장문의 편지를 남긴 채 파리행 비행기를 탔다.

유미를 도와주는 '키다리 아저씨'의 심부름꾼으로 만난 이유진은 파리에서 유미를 만나 성실하게 도움을 주었다. 다른 남자들처럼 절대 껄떡대는 법이 없었다. 그런 이유진과 사랑에 빠진 것은 한참 후의 일이었다.

*

익명의 '키다리 아저씨'의 지원으로 파리에 처음 도착했을 때, 유미는 불안과 자유라는 두 가지 감정을 동시에 느꼈다. 진흙탕 같은 한국을 빠져나옴으로써 자유로웠지만, 프랑스어를 할 줄 몰라 벙어리 냉가슴 앓듯 불안하고 답답하기만 했다. 파리 하늘 아래 아는 사람이 아무도 없어 두려울 만큼 외롭기도 했다. 이유진은 약속대로 유미가 정착하는 데 도움을 주긴 했다. 파리 시내에 작은 방을 얻어 주었고, 소르본 대학에서 여는 어학 교실에 등록하는 것도 도와주었다. 하지만 일 처리가 어찌나 사무적인지 유미는 오히려 더 외로움을 느꼈다. 왜 첫인상에서 해사한 미소를 지닌 만만한 남자라고 착각했던가. 파리에서 만난 그는 의외로 곁을 주지 않았다. 쓸데없는 미소를 아꼈고 무장한 보디가드처럼 딱딱하게 느껴졌다. 일을 봐주는 그가 고마워서 어쩌다 유미가 저녁 시간에 함께 와인을 곁들인 식사라도 하자고 하면 아주 예절 바르게 사양했다.

"오유미 씨, 여기서는 무조건 최대한 돈을 아껴야 합니다. 여기서 돈 버실 일은 없을 테니까요. 그분이 정착금을 주셨다고는 하지만 일회성일 수 있습니다. 앞으로 다시 돈을 보낸다는 약속 같은 건 아직은 전혀 없으니까요."

"알아요. 여기 물가가 장난이 아니네요. 3000만 원이면 얼마 버티지 못하리란 것도 알겠어요. 하지만 이 선생님이 애쓰시는데 제가 너무 미안하잖아요."

이유진이 진지한 얼굴로 말했다.

"그건 제 일이니까요."

"그럼, 그분한테서 따로 보수를 받나요?"

"그런 건 오유미 씨가 아실 필요 없습니다."

"아, 네에……."

"그리고 이제 이 정도면 생활하시는 데 당장 큰 불편함은 없으리라 생각합니다. 저는 제 소임을 다한 거 같습니다. 언어 때문에 한동안 불편하시겠지만, 제가 곁에서 도와주면 오히려 더 늘지 않을 겁니다. 꼭 필요한 때만 제게 연락하시는 게 좋을 거 같습니다."

"연락하지 말라고요? 그럼 우리 자주 못 보나요?"

"그러는 게 좋을 거 같습니다. 저도 제 개인 생활이 있고, 오유미 씨도 새로운 생활에 열심히 적응하셔야죠."

"그냥 친구로 가끔 만나서…….

"개인적이고 사적인 관계는 맺지 않는 게 좋습니다."

이유진이 그렇게 말할 때 유미는 별종이네, 뭐 이런 남자가 다 있어? 하고 생각했다. 남자들은 유미를 보면 돈을 물 쓰듯 쓰면서라도 털끝 하나라도 닿고 싶어 하지 않았나? 그동안 화류계에서 육욕의 화신 같은 남자들만 보다가 이렇게 공과 사를 딱딱 구분 짓는 남자를 보니 오히려 섭섭했다. 무인도에 홀로 뚝 떨어진 느낌으로 너무도 외롭고 불안한데, 이 남자, 밤에 와인 잔이라도 기울이며 외로운 처지끼리 체온을 좀 나누는 건 고사하고 말도 안 통하는 타국에서 무료로, 아니 내 돈으로 식사 대접까지 하며 말벗이라도 돼 주겠다는데 왜 이리 쌀쌀맞은 걸까.

이유진이 머뭇거리며 말했다.

"저어, 언어 실력을 빨리 늘리려면 프랑스 남자를 사귀세요. 한국 사람들은 멀리하는 게 좋아요. 여러모로 도움도 안 되고…….

조언이랍시고 이런 말을 하는 남자에게 무엇을 바란단 말인가.

"그건 제 일이니까 상관하지 마세요."

유미도 아까 이유진의 말을 흉내 내며 뾰로통하게 말했다.

유진이 금방 후회하는 눈빛으로 진지하게 말했다.

"미안해요. 오해는 마세요. 사귀라는 게, 그냥 친구로 사귀라는 겁니다."

"그 충고 새겨들을게요. 하여튼 고마워요. 그런데, 이 선생님!"

"네?"

"두고 보세요."

자존심이 상한 유미가 오기를 부리며 말했다.

"얼마간 시간이 흐르면 이 선생님보다 더 멋지게 불어도 하고 친구도 많이 만들 거예요. 그때는 저랑 놀자 그러지 마세요. 아셨죠?"

유미가 그렇게 말하자 이유진은 희미한 미소를 머금으며 고개를 끄덕였다.

이유진 앞에서 다짐한 것처럼 유미는 생존을 위해, 또 외로움을 견디기 위해 의도적으로 사교 생활에 힘썼다. 극도로 외로웠던 몇 달이 흘러가자 조금씩 말문도 트이고 프랑스 사람들이 유미에게 말을 붙여 오기도 했다. 시작이 반이라고, 처음에 한둘로 시작된 인간관계가 넓어지는 것은 그야말로 시간문제였다. 그 무렵에 친해진 발레리라는 여자는 유미의 새로운 사교 생활을 열어 주었다. 프랑스인들이 '수와레(soirée)'라고 부르는, 저녁에 여는 파티에 발레리가 몇번 유미를 초청했다. 거기서 친구를 사귀면 번식력이 높은 토끼처럼 인간관계가 급속도로 새끼를 쳤다. 수와레에서 어중이떠중이로 만난 남녀들과 와인에 취해 마리화나를 피우고 환각인 듯한 섹스를 하고 곯아떨어지는 적도 있었다. 누군가 불어는 배를 맞대고 배위야 가장 빨리 는다고 했지만, 배를 맞대는 데는 사실 보디랭귀지로도 충분했다.

땅에 발을 붙인 상태가 아닌, 공중에 부유하는 생물처럼 닻을 내릴 수 없는 생활이 한동안 이어졌다. 그렇게 프랑스에서의 몇 달이 지나자 통장에 돈이 얼마 남지 않았다. 아무리 아껴 써도 1년이나 버틸 수 있을까? 막막했다. 도대체 무얼 믿고 낯선 프랑스 땅에 왔는지 유미는 가끔 기가 막혔다.

그러던 어느 가을날, 발레리의 집에서 밤새 환각 파티에 취해 있다가 새벽에 눈을 뜨니 온몸이 땀으로 흠뻑 젖은 채 마구 떨려 왔다. 갑자기 눈물이 솟구쳤다. 유미는 택시를 타고 겨우 집에 도착했다. 침대에 누워 덜덜 떨고 있으니 꼭 죽을 것만 같았다. 모든 게 다 부질없었다. 너무나 추웠다. 눈물겹도록 따스한 무언가가 절절했다. 한국에 두고 온 한 점 혈육인 어린 딸과 몇 번의 자살 미수로 그쳤던 진호의 집착 어린 사랑마저도 그리워졌다. 그들을 당장 불러올 수 없다면 누군가 한국말로 단 한마디 위로라도 건네주면 좋을 것 같았다. 지독한 향수병이 든 걸까?

　유미는 견디지 못하고 결국 이유진에게 전화를 걸었다. 3개월 만이었다. 이유진은 잠이 묻은 목소리로 전화를 받았다.

"여보세요? 저, 오유미예요."

"아아, 오유미 씨!"

"아침부터 미안해요."

"무슨 일이에요?"

"제가…… 제가…… 꼭 죽을 거 같아요."

"무슨 소립니까?"

"잠깐…… 좀……."

유미는 이상하게 목이 메어 왔다.

"제 집에 들러 주세요."

그리고 그만 흐느낌이 흘러나왔다.

이유진의 한숨 소리가 잠깐 들렸다.

"기다리세요. 갈게요."

유미는 안심이 되어 잠에 빠져들었다. 잠결인 듯 꿈결인 듯 벨 소리를 듣고서야 유진이 온 걸 알았다. 유진이 걱정스러운 얼굴로 물었다.

"몸이 왜 이래요? 많이 수척해졌어요. 병원에 가야 되지 않을까요?"

유미는 고개를 흔들었다.

"그냥 몸이 약해지고 힘들어서 그래요. 몸보다는 마음이 더 힘들어서……."

"음, 향수병인 거 같은데……? 내가 어떻게 도와주면 좋겠어요?"

유미는 큰 눈에 물기를 머금은 채 말했다.

"……한국에 가고 싶어요."

유진은 잠깐 생각에 잠기더니 유미를 보며 물었다.

"그건 지금 당장 내가 해 줄 수 있는 일이 아닌데…… 그걸 대신할 수 있는 걸 말해 봐요."

"한국말이, 한국 음식이 그리워요."

유미가 대답했다.

"음, 한국 요리라면 어떤 거? 한국 식당에 갈래요?"

"아니, 너무 기운이 없어요. 나, 지금 막 졸려 미치겠어요. 으음, 속이 확 풀리는 국물이 먹고 싶어요."

그 말을 끝으로 유미는 혼절하듯 잠으로 미끄러졌다. 누군가의 손길이 이마를 짚어 보고 이불을 목까지 덮어 주는 안온한 느낌에 마음이 놓였다.

얼마나 잤을까? 구수한 냄새와 훈훈한 공기가 의식이 돌아온 유미에게 달려들었다. 원룸의 좁은 부엌에서 유진이 무언가를 하고 있었다. 국자에 입을 대고 맛을 보는 듯했다. 그런 그의 모습이 낯설지 않았다.

"아! 일어났어요?"

유진이 고개를 돌려 침대에 누워 빤히 바라보고 있는 유미를 향해 멋쩍게 웃으며 물었다. 유미는 고개를 끄덕였다.

"오늘 요 앞 광장에 아침 시장이 열리는 날인가 봐요. 장을 좀 봤어요. 그런데 그동안 끼니를 어떻게 하고 살았던 겁니까? 무슨 여자가 도대체 살림을 하는 건지 뭔지…… 맨 와인 병 빈 거하고, 먹다 남은 말라빠진 바게트 조각들하고, 냉장고엔 곰팡이 핀 치즈밖에 없네요."

유미는 얼굴이 달아올랐다. 그래서 화제를 바꿨다.

"몇 시예요? 어머, 벌써 오후 4시가 넘었네요."

"그래요. 하루 종일 죽은 듯이 자던데요. 잠자는 숲 속의 공주처럼. 유미 씨 자는 동안 소꼬리를 좀 사다가 꼬리곰탕을 푹 끓여 봤어요."

"꼬리곰탕요?"

"네, 다 됐어요. 여긴 소꼬리가 무지 싸요. 한국에서는 소꼬리 정말 비싸잖아요. 유미 씨, 몸보신 좀 해야겠어요. 원래 보신탕이 최곤데 그럴 수는 없고 개 대신 소꼬리입니다. 그리고 된장찌개 끓이고 있는데 간 좀 볼래요?"

정효수와도 손진호와도 살아 봤지만 그들은 요리와 거리가 멀었다. 능숙하게 음식을 만들고 있는 유진의 모습이 이상하게 낯설지 않은 느낌이었다. 마치 전생에 그와 부부로 살았던 것 같은, 이 데자뷔 같은 느낌은 무엇일까? 아직 마약 기운이 남아 있는 걸까? 달콤하고 슬프고 몽롱했다. 인색한 늦가을 햇살이 창으로 들어와 유진의 뒷모습을 비췄다. 유미는 유진의 성의가 고마워 일어나서 싱크대 앞으로 다가갔다. 휘청, 어지러웠다. 유진이 국자를 팽개치고 유미를 안았다.

"괜찮아요?"

그의 몸에서는 마늘과 파 냄새가 살짝 풍겼다. 도마 위에 방금 찧은 마늘과 썰어 놓은 파가 눈에 들어왔다. 유미는 유진이 호호 불며 국자로 떠 준 찌개 국물을 맛보았다. 된장찌개는 순하면서도 맛이 좋았다. 유미는 미소를 지으며 고개를 끄덕였다.

"한국 슈퍼에서 파는 된장이라 깊은 맛은 없어요. 밥도 지었으니 꼬리곰탕에 말아서 식사해요. 이럴 줄 알았으면 집에서 김치를 좀 가져올걸. 지난번에 담근 게 맛이 들어 괜찮던데."

"김치도 담가 드세요?"

"그럼요. 한 3년 그렇게 혼자 살다 보니까 음식 만드는 거 그거 별거 아니더라고요. 자, 식탁에 자리 잡으세요."

식탁으로 쓰는 작은 원탁에는 분홍빛 국화꽃이 꽂혀 있었다. 유미가 바라보자 유진이 웃었다.

"시장에서 채소와 과일을 사는데 그 옆에서 아가씨가 꽃을 팔더라고요. 기분 전환에는 꽃이 최고입니다."

유미는 처음 보는 이유진의 다정다감함과 섬세함에 마음이 깊이 술렁였다. 이런 사람이 그렇게 딱딱하고 사무적이었다니. 유미의 마음을 눈치챘는지 유진이 미안한 얼굴로 말했다.

"오늘 유미 씨 보니까 제게 좀 섭섭하셨겠구나 하는 생각이 들었어요."

"왜요? 찔리세요?"

"저야 뭐 의무는 다했다고 생각했거든요."

"그래요?"

"그런데……."

"그런데요?"

"으음…… 제가 개입하고 참견할 일은 아니지만, 이곳은 자칫 생활이 좀 문란해질 수도 있거든요……."

"무슨 뜻이죠?"

"아, 아닙니다. 식사하세요."

유진이 유미의 물음을 회피했다.

"제 생활을 아시는 거처럼 말씀하시네요. 우린 오늘 4개월 만에 만났잖아요. 혹시 저를 몰래 미행했어요?"

유진이 픽, 웃었다.

"얼른 밥 말아서 팍팍 좀 드세요."

유미는 더 이상 말을 하지 않고 유진이 끓여 준 꼬리곰탕에 밥을 말아 한 숟갈 입에 넣었다. 구수하고 뜨거운 국물이 들어가자 온몸의 피돌기가 생생해지는 느낌이었다.

"어때요? 몸이 풀려요?"

유미는 고개를 끄덕이며 밥을 먹었다. 유진도 수저를 들고 말없이 밥을 먹었다. 이렇게 누군가와 마주 앉아 뜨거운 국을 먹기는 참 오랜만이었다.

"제가 한국에서도 생활이 조신한 편이 아니었다는 거 아시잖아요."

유미는 밥을 먹다 갑자기 시비조로 말을 걸었다. 속마음은 이게 아닌데, 유진이 정말 고맙고 반가운데 말은 왜 이렇게 까칠하게 나가는 걸까.

"기분 상했다면 미안해요. 그런데 유미 씨!"

유진이 정색을 하며 말했다.

"알코올과 대마초, 이런 거에 의존하면 안 돼요."

헉! 이 남자가 내 생활을 어떻게 알았을까?

"한국에서의 생활을 청산하고 새 인생을 펼치려고 이곳에 온 거 아닙니까? 그런데……."

"그런데 그게 제 뜻도 아니고, 어느 날 보니 저는 그냥 이곳에 툭 떨어져 있네요. 누구죠? 몇 푼의 돈으로 나를, 아니 내 인생을 원격 조종하는 사람은?"

유미는 결국 또 그 질문을 유진에게 하고 말았다.

"여기 갑자기 오게 된 거, 오유미 씨의 의지가 아니라서 힘들다는 거 이해해요. 하지만 정말로 이 기회를 새로운 변신의 기회로 삼을 수도 있잖아요? 그게 바로 오유미 씨의 능력이고 또 운명입니다."

나의 능력과 운명이라……. 유미는 그 말이 너무도 무거워 저절로 한숨이 나왔다. 한숨 끝에 갑자기 눈물방울이 곰탕 국물에 툭, 떨어졌다. 유미는 그걸 들키기 싫어 고개를 숙였다. 유진은 그걸 아는지 모르는지 시계를 보더니 갑자기 수저를 놓고 외투를 입었다.

"약속이 있어서 가 봐야겠어요."

그 말을 듣자 처연함과 외로움이 밀물처럼 밀려들었다. 가기 말아요, 라는 말이 목구멍에서 맴돌았지만, 유미는 곰탕 국물을 삼키면서 꾹 밀어내 버렸다.

"그래요. 어서 가 보세요. 오늘 정말 너무 고마웠어요."

유진은 유미를 잠시 바라보다 망설이듯 말했다.

"명심해요. 이곳은 에이즈의 천국이라는 걸."

"……?!"

"자유로움과 자유분방함은 다르죠. 발레리라는 여자 친구는 좀 조심하는 게 좋을 겁니다."

"?!"

이 남자, 발레리를 어떻게 알지? 의아해하는 유미의 표정을 무시하고 유진은 현관으로 향했다. 그러다 유진이 돌아서며 유미에게 말했다.

"오유미 씨, 프랑스 나이로 스물여섯 살이죠? 청춘은 이렇게 탕진하기에 너무 아까워요."

그 말을 하는 유진의 눈빛은 진실해 보였다.

이유진은 유미가 힘들 때 SOS를 요청하면 다가와 그렇게 애틋하게 도와주었지만, 어딘지 몸을 사리는 구석이 많았다. 당시 그에게는 한두 가지 풀리지 않은 의문점이 있었다. 유미가 가까이할 빈틈을 보여 주지 않는다고나 할까? 그렇지 않으면 유미에게 너무나 초연하다고나 할까? 모욕적일 정도로 무관심하다고나 할까? 유미도 어쩔 수 없이 그렇게 거리를 둔 채 이유진을 대할 수밖에 없었다. 다만 무심하다가도 유미의 얌전하지 못한 생활을 알게 되면 선생님이나 고지식한 오빠처럼 굴었다. 그럴수록 유미는 오히려 더 관심을 끌려는 비행 청소년처럼 굴게 되었다. 천성이 호기심 많은 유미는 더욱더 자유분방하게 지냈고, 그것을 일부러 이유진에게 약 올리듯 알리곤 했다. 이유진은 그럴 때마다 큰 관심을 보였고, 유미는 그런 그의 태도가 재미있었다. 유미는, 너 이래도 안 넘어와? 그런 마음이었을 것이다. 스스로 생각해도 유미에게는 유혹 종결자로서의 근성과 기질이 있었던 것 같다. 종국에는 유미가 나체주의자들의 해변 캠프에 참여하는 문제로 유진과 싸운 게 그와 가까워지는 계기가 되었다. 다 피는 뜨겁고 생각은 미숙한 20대 시절의 이야기다.

*

유미가 이유진과의 예전 기억에 잠겨 있을 때 휴대폰이 울렸다. 폴이었다.

"유미, 지낼 만해?"

"그럼요. 덕분에요. 폴은 잘 지내죠?"

"전에 유미가 부탁한 거 알아봤는데 말이야."

"아아, 네!"

유미는 휴대폰을 귀에 딱 붙이고 몸을 똑바로 세우며 경청 자세를 취했다.

"3년 전에 파리 4구에 있는 사진 갤러리에서 무슈 리라고 하는 한국인 남자가 전시회를 열었대. 거기 전화번호를 문자로 보낼 테니 한번 알아봐요."

"폴, 정말 고마워요."

"유미가 그렇게 사랑했던 연인을 찾는데 도와줘야지. 이번에 만나면 놓치지 말고 결혼해 버려."

"참, 내일 위베르 씨랑 저녁 식사 함께하는 약속 잊지 않았죠?"

"응, 나하고 둘이만 데이트하면 좋을 텐데, 위베르를 초청하다니 기분 별로야. 그래서 내가 남자 하나 더 끼울까 해."

"저야 좋지요. 그런데 어떤 남자?"

"얼마 전에 유미가 미술계 유력 인사를 소개해 달라고 했잖아. 프랑스 최고의 화랑 재벌이라고 하면 좀 뺑이고, 유명 갤러리 주인이면서도 대단한 그림 수집가야. 그런데 이 사람이 동양 여자한테 관심이 많단 말이야."

"알겠어요. 그럼 내일 봐요."

유미는 폴과 통화를 끝내고 그가 내일 데려오겠다는 남자가 어떤 사람일까 잠깐 생각했다. 느낌이 좋았다. 유명 갤러리 주인이자 대단한 그림 수집가라? 좋은 징조다. 문자 수신 음이 들리고 폴이 말한 갤러리 전화번호가 문자로 도착했다. 유미는 갤러리 이름을 인터넷으로 검색해 보았다. 사진 전문 갤러리인 그곳은 꽤 유명한 사진작가들이 전시하는 공간이었다. 유미는 3년 전에 그곳에서 전시했다는 무슈 리라는 한국 남자에 대해 갤러리 홈페이지에서 상세한 검색을 시도해 봤으나 오래전 정보라 아무것도 나오지 않았다. 화랑에 직접 전화를 하니 3년 전 전시한 예술가에 대한 자료는 직접 내방해 디렉터에게 문의하라는 대답만 돌아왔다.

유미를 시시때때로 괴롭히는 얼굴 없는 '홍두깨'라는 아이디는 이유진과 모종의 관계가 있을 것이다. 이유진은 분명 죽었을 텐데, 이해할 수 없는 일이다. 서울을 떠나기 전에 유미는 박용준을 통해서 이유진에 대해 알아보라고 시켰다. 박용준의 말에 의하면, 이유진의 주민등록번호를 확인해 본 결과, 주민등록 말소 상태라고 했다.

주민등록 말소는 실종이나 사망신고로 인해 이루어지는 신고 말소와 국내에 오래 거주지를 두지 않은 경우 행정기관에 의해 이루어지는 직권 말소가 있다 한다. 두 가지 모두를 포함할 수 있다고 한다. 두 가지 다? 죽거나 해외에 살고 있다? 그러면 그렇고 아니면 아니지, 도움이 되지 않는 답이었다. 어쨌거나 작년에 윤조미술관 일을 볼 당시 폴에게 전화했을 때, 그가 지나가는 말로 한 게 유미에게는 단초를 제공해 주었던 것이다. 이유진이 몇 년 전에 파리에서 사진 전시를 했다는 소리를 누군가로부터 들었다는 폴의 그 말……

유미는 서둘러 외출 준비를 하고 바스티유 근처의 갤러리로 향했다. 파리 메트로를 타고 생 폴(St. Paul) 역에서 내려 작은 갤러리가 있는 구역으로 걸어갔다. 마침내 폴이 말한 갤러리 앞에 서자 유미는 잠시 가슴을 눌러 진정을 했다. 갤러리는 그리 크지 않았다. 갤러리 내부로 들어가자 아프리카 오지의 여인들을 찍은 사진들을 전시하고 있었다. 리셉션 테이블에 앉아 있는 여직원에게 용건을 이야기하자 그녀가 인터폰으로 어딘가에 연락했다.

"저쪽 방으로 들어가 보세요."

여직원이 갤러리 책임자의 방으로 안내해 주었다. 갤러리 디렉터라는 남자는 유미에게 친절했다. 유미는 3년 전에 이곳에서 전시한 사진작가 이유진의 근황과 연락처를 물었다.

"나는 재작년부터 이곳에서 일을 해서 그런 사람을 기억하지 못합니다. 아마 전임자인 마리안이 알 것 같은데……."

"그 사진작가의 연락처만이라도 알 수 있으면……."

"무슨 일로 그러시죠?"

"개인적인 일입니다만, 필요하시다면 말씀드리지요."

이곳 사람들은 개인적인 일, 즉 사생활을 무척 존중한다. 게다가 그것이 인간적인 사생활이라면 더욱더.

"예전에, 10년 전에 파리에서 함께 살던 연인이에요. 제가 몸이 아파 한국으로 떠나면서 피치 못하게 헤어졌어요. 당시엔 불치병이었죠. 그를 사랑했기에 죽을 몸인 저는 몰래 떠나갔어요. 그런데 기적적으로 저는 이렇게 건강해졌어요. 아직까지 그를 잊지 못해서 결국 큰 결심을 하고 이곳에 왔어요. 그를 만나면 이제는 헤어지고 싶지 않아요. 물론 그가 어떤 상황인지 모르지만, 적어도 인생의 친구로는 지낼 수 있겠지요."

"아, 아름다운 사랑 이야기군요."

남자의 푸른 눈이 빛났다.

"서류를 꺼내 찾아보죠. 이름이 뭐라 그랬죠?"

"이유진. 유진 리……."

"유진 리, 유진 리, 유진 리……."

남자가 서류장을 열면서 노래의 후렴구를 반복하듯 말했다. 이유진이 정말 이 갤러리에서 사진 전시를 했단 말인가? 그는 8년 전에 죽었을 텐데⋯⋯.

"아! 찾았다!"

"!"

유미의 가슴이 쿵, 내려앉았다.

"외젠 리(Eugène Lee), 여기 있네요."

남자가 팸플릿을 꺼내 왔다. 작은 팸플릿에는 그의 사진 작품이 몇 컷 실려 있을 뿐, 그의 얼굴은 나와 있지 않았다. 사진은 작은 정물들을 오브제로 확대하여 찍은 것들이었다. 레몬의 단면이라든가 포크의 결, 나무 식탁의 모서리, 바게트의 속살, 말린 꽃들 같은 거였다. 유미가 알던 이유진의 작품 세계와는 달랐지만 8년이란 세월은 예술가의 작품 세계를 얼마든지 바꿀 수 있는 시간이었다. 그가 죽지만 않았다면.

"연락처는 안 나와 있네요. 다만⋯⋯."

유미는 남자의 입을 바라보았다.

"팸플릿 하단에 주소가 있는데, 그곳이 그의 화실 또는 자택의 주소가 아닌가 싶네요."

"그럼 그 주소를 제가 좀 적어 가도 되겠습니까?"

유미가 수첩을 꺼내며 물었다.

"오, 물론이죠."

주소는 파리 근교였다. 유미는 떨리는 마음을 누르고 주소를 옮겨 적었다.

"정말 감사합니다."

유미가 사의를 표하자 디렉터는 몸에 밴 친절과 호기심 담긴 눈으로·말했다.

"별말씀을요. 부디 사랑의 기적을 이루세요. 예수처럼 부활한 당신은 분명 사랑의 기적도 만들어 낼 겁니다."

웬 예수? 웬 부활? 웬 기적? 유미가 불치의 병에서 회복되었다는 말을 듣고 그는 그런 비유를 쓴 것이리라. 하지만 유미는 이유진의 주소를 적으면서 속으로 소름이 돋는 걸 겨우 참아 내고 있었다. 이유진이 살아 있다? 이게 무슨 조화람! 외젠·리. 원래 유진이란 이름은 서양식 이름이다. 극작가 유진 오닐, 한국계 바이올린 연주가 유진 박도 있지 않은가. 이유진의 부모가 아들이 프랑스에서 활동할 걸 알고 이름을 지었는지는 모르지만, 유진이 자신의 이름을 'Yoojin'이나 'Yujin' 대신 'Eugène'이라고 표기했던 걸까? 프랑스 사람들은 'Eugène'을 '외젠'이라 발음한다. 외젠 들라크루아. 화가 들라크루아의 이름도 '외젠'이다.

사진작가 외젠 리. 유미는 나중에 그 주소로 찾아가 보기로 하고 집으로 돌아왔다. 만약 그 주소에 정말 이유진이 살고 있다면? 그럴 리 없어! 유미는 기억하기도 싫은 그때 그 순간의 장면을 애써 떠올려 보았다. 손에 피를 묻힌 황인규가 거친 숨을 몰아쉬며 쥐어짜듯 겨우 말했었다. 아니, 선고했다. 끝났어. 끝. 났. 어. 그 순간을 끝으로 이후 유미의 기억은 단속적으로 끊어졌다. 이상하게 인간의 기억은 결국 자신이 원하는 대로 편집된다. 인간은 기억하기 끔찍한 부분들을 무의식적으로 지우려고 노력한다. 거의 10년이 다 되어 가는 그 기억이 이제는 희미하다. 사실이 아니라 그저 잠깐 악몽을 꾸었던 거 같기도 하다. 목격자도 없고 증인이 없으니, 유미

스스로도 자신이 저지른 일이라 믿기지가 않았다. 다만 인규가 살아 있으니 그것이 꿈이 아니라는 걸 증거할 뿐이다. 그러나 인규조차 정신이 오락가락하고 있으니 이제는 덮어 버릴 절호의 기회인데…… 그런데 지난해 아닌 밤중에 홍두깨처럼 나타난 아이디 '홍두깨'란 인간은 누구인가. 이유진인가? 목격자인가? 유령인가?

유미는 방으로 돌아와 노트북을 켰다. 이메일을 체크하니 박용준의 메일이 와 있었다.

그리운 쌤.

쌤이 떠난 지 한 달이 다 되어 갑니다. 쌤은 참 독한 여자입니다. 어떻게 그렇게 떠날 때 말도 한마디 없이 떠나셨는지…… 온 세계가 다 하나로 연결되었는데 제가 쌤에게 닿을 수 있는 게 이 이메일 주소 하나밖에 없다니…… 그런데 메일 받고도 모른 척하시는 건가요? 너무합니다. 적어도 최후의 보디가드 박용준에게만은 핫라인이 연결되어야 하는 거 아닙니까? 쌤의 신변이 심히 걱정스럽습니다. 어디 계시는 겁니까? 외국으로 나가셨나요? 이 용준이가 껄떡대는 코 큰 놈들 사이에서 쌤을 지켜야 하는데…… 코 크다고 다 큰 게 아닌 거 아시죠? 쌤, 그립습니다. 어디 계시든 제게 전화번호 좀 알려 주시면 안 돼요? 빅뉴스가 있는데. 전화든 메일이든 꼭 연락 한번 주세요. 바이.

용준에게서 벌써 두 번째 온 메일이었다. 유미는 망설이다가 용준에게 전화하기로 결심했다. 그래, 적어도 통로가 하나는 있어야겠지. 유미는 용준의 전화번호를 눌렀다.

전화벨이 한참 울려도 전화를 받지 않았다. 아차! 시차를 계산해 보니 서울은 벌써 새벽 2시가 훨씬 넘었겠다. 내일이 비록 주말이라고 해도 잠든 용준을 깨우는 건 예의가 아니다. 유미가 전화를 끊으려고 할 때 갑자기 상대가 전화를 받았다.

"여보세요?"

용준의 목소리였다. 그런데 술에 취한 목소리였다.

"나야."

"누구…… 세요?"

"목소리도 잊었어?"

"아! 쌤!"

"지금이 몇 신데 잠도 안 자고 술을 마셔? 혹시 내가 연애 사업을 방해한 건 아니지?"

"아뇨, 섹스 사업을 방해하고 있어요."

앗, 용준이 지금 여자와 함께 자는 중?

"미안! 전화 끊을게."

그때 용준이 다급하게 소리를 질렀다.

"전화 끊지 마세요!"

"?!"

"큭!"

"뭐야?"

"독수리 오 형제가 한창 활약할 때 전화를 하셔서……."

유미는 잠시 무슨 소린가 했다.

"아아, 제 신세가 요즘 그렇게 됐어요. 쌤도 떠나고 지완 씨와도 쫑 나고…… 기나긴 밤 빈방에 홀로 앉아 쌤과의 추억을 안주 삼아 술 마시며 손장난이나 하고 있는 중에 전화가 온 거예요."

"이런, 왜 그렇게 불쌍하게 됐어? 지완이와 정말 아주 쫑 났어?"

"쫑 내재요."

"지완이네 무슨 일 있어? 그 남편하고 어떻게 됐나?"

"몰라요. 그냥 쿨하게 끝내자는데요. 나도 쿨하게 그러자 그랬어요."

"그래서 쿨한 게 이 밤에 안 자고 술 먹고 청승 떨며 혼자 그러고 있는 거야?"

"가만! 쌤 목소리 들으니까 거북이가 다시 장렬하게 살아나려고 해요."

"어이구! 박용준!"

유미는 넉살 떠는 박용준의 모습이 그대로 떠올라 웃음이 나왔다.

"그게 빅뉴스야?"

"아 참! 윤 이사하고 강 관장하고 결혼식 해요. 다음 달에요. 한 달 남았네요."

"그래…… 강 관장은 잘 있어?"

"이제 좀 안정기에 접어들었나 봐요. 살짝 배가 부른 듯해요."

"미술관은 잘 돌아가?"

"뭐 그럭저럭…… 쌤이 없으니까 저야 재미없어요. 전엔 직장에 와도 가슴 설렜는데, 이젠 뭐 임자 있는 임산부를 모시고 있자니…… 그 히스테리에 짜증 나죠. 그래도 그걸 다 맞춰 주는 게 이 박용준이다 보니 나름대로 신임을 꽤 얻고 있죠. 미술관은 점점 본색이 드러나는 거 같아요."

"본색?"

"윤 회장님의 입김이 센 거 같아요. 앞으로 그림을 꽤 사들일 거 같은데…… 그게 뭔지 뻔하죠, 뭐. 참, 쌤은 어디세요? 이거 어디 외국 같은데……."

"용준, 내 신변에 대해서 어느 누구에게도 얘기하지 말아 줘. 알았지? 내 전화번호 허락 없이 알려 주지 말고."

"당근이죠. 제가 누굽니까? 저는 쌤과 끝까지 간다고 했죠?"

"박용준 입 싼 남자라는 거 알아. 그런데 내가 말하지 말라는 건 또 절대 말 안 하는 것도 알지."

"잘 보셨어요. 그러니 저한테만 알려 주세요."

"나 여기 파리야."

"아, 그렇구나. 와, 좋겠다! 언제 꼭 한번 출장 갈게요."

"출장?"

"뭐, 「파리의 연인」 이런 거 찍으러 가야죠."

"파리의 연인은 똥파리 아닌가?"

유미가 모른 척 썰렁한 농담으로 돌렸다.

"기억하시죠? 일인자가 아웃이면 서열상 이인자가 일인자 되잖아요."

"그 서열은 누가 정한 건데? 이게 뭐 선착순 번호표 순서니? 하여간 오랜만에 목소리 들으니 반갑다."

"아 참! 그런데 말입니다."

"또 뭐? 또 빅뉴스야?"

"얼마 전에 누가 미술관으로 찾아왔었어요."

"누가?"

"어떤 남자가요. 어디서 많이 본 사람이다 싶었는데, 작년에 윤조미술관 개관식 할 때 왔던 남자."

"개관식 때 하객이 어디 한둘이었어?"

"이름이 고수익이라고 하던데요."

"고수익!?"

"쌤과 연락이 안 된다며 어디 외국에 출장이라도 가셨느냐며 지나는 길에 들렀다고 하던데……."

고수익이 미술관으로 찾아왔다? 고수익은 내가 미술관을 그만둔 걸 알 텐데?

"그러면서 급한 사업 문제라며 쌤 연락처를 알려 달라고 하더라고요."

고수익과는 그의 주소지를 찾아갔다 온 후 전화로 결별하고는 그 이후 연락조차 하지 않고 떠나왔다. 갑자기 고수익의 얼굴이 떠올랐다. 사실 고수익에게 끌린 것은 그의 살인 미소 때문이었다. 그런데 그 미소의 기원을 따라가 보면 이유진의 입으로 통하게 된다. 이유진의 미소…… 좀 딱딱하고 진지하게 생긴 이유진이 입을 벌려 웃기만 하면 세상이 갑자기 밝아졌다. 마치 함박꽃이 피는 것을 저속 촬영한 것처럼 화사하게 피어났다. 결국 세상의 기원도, 미소의 기원도, 인간의 몸의 어느 구멍이자 문으로 통하게 되어 있다.

"근데 그 새끼……."

고수익과 이유진의 얼굴까지 한 줄에 꿴 북어처럼 쭈욱, 한 번에 떠올리는데 박용준의 말이 그 줄을 싹둑 끊었다. 두 얼굴이 허공으로 날아갔다.

"가고 난 후에도 어디서 많이 본 얼굴이라 곰곰 생각했는데……
맞아요. 분명해요. 만난 적 있어요."

유미는 이게 무슨 소린가 싶었다. 한때의 불장난이었고, 어차피 지금은 끝난 인연이라 생각해서 건성으로 물었다.

"만난 적이 있다니?"

"저 대학원에서 쌤 강의 들을 때 본 적 있어요."

"그 사람이 내 강의를 수강했다고?"

"아니요."

"그럼? 난 본 적이 없는데."

"그럴 거예요."

"쌤 뒤를 밟은 남자니까요."

"내 뒤를?"

"네, 왜 제가 말한 적 있잖아요. 그 당시 전 쌤을 보기만 해도 설렐 때라 늘 강의 전에 일찍 강의실에 와서 캔 커피 하나 빨면서 쌤이 오는 캠퍼스를 내려다보곤 했어요. 그런데 쌤의 차가 서면 좀 있다 그 차가 서더라고요. 쌤이 주차하고 강의실로 올라가면 좀 있다 그 차가 거길 뜨고요. 처음엔 우연의 일치겠지 생각했는데, 두어 번 그러는 걸 봤어요. 어느 날 제가 좀 늦어서 주차장을 지나는데, 쌤 차가 서 있더라고요. 그런데 아니나 다를까. 그 까만 차가 쌤 차 주변에 있었어요. 그때 그 차가 막 떠나려고 시동 거는 걸 보고 운전자를 눈여겨본 적이 있어요.

전화를 걸고 있는 모습이라 한쪽 뺨을 가리고 있었는데 무슨 말을 하다가 갑자기 막 웃더라고요. 그때 어떤 탤런트를 닮았다는 느낌이 들었어요. 거 왜 살인 미소로 유명한."

유미는 휴대폰을 한쪽 뺨에 붙이고 있는 고수익의 웃는 모습을 떠올렸다.

"그런데 얼마 전 미술관에 온 그 남자가 돌아서면서 무슨 농담을 한마디 하고 나가는데, 웃는 모습이 아주 인상적이었어요. 아! 저 웃음…… 갑자기 해골이 간질간질하더라고요. 그 남자가 바로 그 남자와 연결된 건 그다음 날 아침이었어요."

유미는 머릿속으로 찌르르 울리는 경보음 같은 걸 들었다. 그러나 아무렇지 않게 물었다.

"무슨 농담이었는데?"

"뭐였더라? 아, 맞다. 제가 미소가 참 멋집니다. 살인 미소로 여자 여럿 죽였겠어요, 라고 좀 객쩍은 농담을 했어요. 그랬더니 이 친구 다시 한 번 더 씨익 웃으며 돌아서더니, 붕어빵에 붕어 없고 국화빵에 국화 없죠. 뭐 그런 썰렁한 농담을 하더라고요."

"비슷한 사람 많아. 사람 잘못 봤을 거야."

유미가 단칼에 용준의 말을 자르고 전화를 끊으려고 할 때였다.

"그런데 지난번에 쌤이 어떤 젊은 친구 알아봐 달라고 부탁하신 게 바로 그 남자구나, 하는 생각이 또 팍 들더라고요. 그리고 그때 그 차와 차종이 같아요. 제가 차적 조회 해서 알아본 결과에 의하면……."

유미는 가슴에 돌이 하나 툭 떨어지는 느낌이었다.

"그 남자는 누구예요? 쌤도 그 남자에게 추적당하는 걸 알고 있었으니까 나한테 알아보라고 한 거 아니에요?"

아니, 난 정말 몰랐어. 이렇게 말한다면 얼마나 바보 같겠는가. 이젠 박용준이 더 많은 것을 알고 있다는 생각이 들었다.

"고객에게 되묻지 말라 그랬지? 그리고 이제 전화 끊자. 한동안 재충전하며 혼자 조용히 지내고 싶어서 잠수 탔는데. 그래, 가끔 통화하자. 좀 있다 활동 재개할 거야."

"알겠어요. 그러셔야죠. 저도 가끔 소식 전할게요."

용준과 통화를 하고 나서 유미는 고수익과 인사동 화랑에서 만난 게 우연이 아니라 그가 고의로 접근한 것인지도 모른다는 생각이 들었다. 게다가 용준의 기억에 의하면, 예전부터 유미를 미행하고 추적해 온 의문의 남자라니. 세상, 참 무섭다. 누가 그를 조종하는 걸까?

유미는 저녁 대신 부르고뉴 와인을 한 병 땄다. 이곳이 좋은 이유는 슈퍼에서 적당한 가격에 고른 와인도 꽤 맛이 있다는 거다. 역시 슈퍼에서 이것저것 골라 온 모둠 치즈를 꺼내 저녁 식사 대신 차렸다. 적당히 술에 취하자 유미의 머릿속에는 두 가지 길이 선명하게 떠올랐다. 무서운 세상을 피해 이곳에서 은둔하며 썩어야 하는가. 아니면 자신의 인생 줄을 쥐고 흔드는 이가 누구인지 끝까지 추적해서 마지막 얼굴을 대면해야 할 것인가. 누군가가 나를 줄에 매달고 또 다른 인형들을 조종하여 내게 접근했다……. 내가 이곳 사람들이 '마리오네트(marionette)'라 부르는 줄 달린 인형 노릇을 했단 말인가. 그 누군가는 무엇을 위해 그런 꼭두각시놀이를 한 걸까? 심심해서? 아님 무슨 심오한 뜻이 있는 걸까? 그 줄을 차근차근 추적해서 따라 올라가 보면 도대체 누구를 만날 것인가. 이 문제야말로 내 존재나 인생의 기원을 찾아가는 일이 아닐까.

생은 다른 곳에

물은 담는 그릇에 따라 형태를 달리한다. 그러나 사람은 옆에 누가 함께 있느냐에 따라 다르게 보일 것이다.

다니엘은 폴이 위베르와 함께 시내 레스토랑에서 식사를 하는 자리에 데려온 남자다. 유미는 폴에게 유력한 미술 관계자를 좀 소개해 달라고 부탁한 적이 있다. 그는 반백의 머리가 잘 어울리는 키가 큰 남자였다. 블루진이 잘 어울리지만 얼굴엔 매력적인 주름이 파인 나이 든 유럽 남자의 전형적인 얼굴이었다. 폴은 털털해 보이는 입성과 달리 다니엘을 파리 시내에 유명한 화랑을 가진, 내로라하는 그림 소장가라고 소개했다. 그가 내미는 명함을 보자 그의 성과 이름을 딴 유명 화랑이 단박에 생각났다. 세상에! 이 남자가? 위베르와 폴은 다니엘에게 잘 보이려고 하는 것 같았다. 유미는 세 남자와 식사를 하는 자리에서 주로 세 사람의 이야기를 경청하며 중립을 지켰지만 마음의 무게중심이 다니엘에게 쏠리는 건 어쩔 수 없었다. 그의 외모가 특별히 매력 있다기보다는, 그건 살기 위해 태양을 향하는 해바라기의 본능 같은 건지 몰랐다. 다니엘은 특별히 유미에게 호감을 표시한다든가 호들갑을 떠는 스타일이 아니고 꽤 진중한 스타일이었다.

유미는 세 남자와 헤어지고 나서 며칠 후, 홀로 그의 화랑에 들러 보았다. 운 좋게도 다니엘이 마침 화랑에 있었다. 없었다면 그를 만날 때까지 매일이라도 들를 작정이었다. 그날따라 그는 말쑥한 양복 차림이었다. 옷이 날개라더니, 게다가 유명 그림들이 조명을 받고 전시된 화랑에 서 있는 그의 존재감은 지난번보다 눈부시게 빛나 보였다.

"아! 마침 이 앞을 지나다가 우연히 들렀어요."

"아, 이런! 미리 전화를 하고 오지 그랬어요? 내가 오늘 저녁에 만찬 초대를 받아서 한 30분 후면 출발해야 합니다. 어쨌든 반갑습니다."

다니엘이 반갑게 악수를 청했다. 뼈대가 튼실하고 두툼한 손이다. 서양 남자의 큰 손은 유미가 좋아하는 신체 부위 중 하나였다.

"폴이 그러는데 한국에서 재벌 그룹의 미술관에서 일하신다고요?"

"예……."

유미는 그 미술관을 그만뒀다는 소리를 하지 않고 그냥 얼버무렸다. 게다가 한 수 더 떠 이렇게 말했다.

"조만간 그림을 좀 사려고 합니다."

"아, 그래요?"

"그래서 당신의 조언, 아니 당신이 소장하고 있는 그림들에 관심이 많아요."

유미의 말에 다니엘이 고개를 끄덕였다.

"그런 사업적인 얘기는 한 번 더 만나서 해야겠군요. 연락 주시겠어요?"

"예, 그러죠."

"아니, 그러지 말고 도록과 팸플릿도 보내 드릴 겸 주소와 전화번호를 제게 좀 주세요. 폴을 거치는 것보다 그게 낫겠어요. 어디에 사십니까?"

유미는 그가 내미는 메모지에 주소를 적다 말고 망설였다.

"제가 임시 거처라서…… 폴의 임대 아파트를 잠시 빌렸는데 열흘 안에 집을 비워 줘야 해요. 아직 맘에 드는 방을 구하진 못했지만……."

메모지를 유미가 다시 건네주자 그는 그걸 보고 잠시 생각에 잠겼다.

"그래요. 그럼 그 안에 제가 전화를 한번 드리겠습니다."

유미는 다니엘의 전화를 기다렸다. 그러나 다니엘에게서는 며칠 간 연락이 없었다. 대신에 폴에게서 전화가 왔는데, 그는 유미가 묻지도 않은 그의 이혼 경력까지 말해 줬다.

"유미, 그런데 다니엘이 세 번이나 이혼했거든. 세 번 이혼한 남자란 대단한 재력가란 뜻이야. 여긴 이혼하면 마누라한테 다 털리는데 그만큼 재산이 많다는 얘기지."

"그럼 지금은 싱글이겠네요."

"사생활은 몰라. 돈이 그렇게 많은데 외롭게 지내기야 하겠어? 장성한 아들이 있지만 독립해서 나가 살고 있으니 그 큰 집에 혼자 살고 있지. 뿌리부터 부르주아인 집안의 인물이니 알아 두면 좋은 인맥이 될 거야."

"고마워요. 폴. 늘 신세를 지는 거 같아요."

"신세는 뭐. 세상은 당구 게임 같은 거지."

폴이 의미심장하게 웃었다. 당구 게임이라…… 당구를 잘 모르는 유미는 그의 비유가 무엇을 뜻하는지 정확히는 몰라도 감을 잡을 수는 있었다. 폴이 유미라는 공을 움직여서 다니엘에게 무언가를 작용하게 하고 싶다는 의미 아닐까. 그러나 유미는 폴에게 화랑으로 다니엘을 찾아갔다는 말을 하지는 않았다.

유미는 다니엘의 전화를 기대하면서 한편으로는 유럽 미술계, 아니 세계 미술 시장의 바로미터가 되는 파리의 경매장을 둘러볼 생각이었다. 프렝탕 백화점과 라파예트 백화점 근처의 드루오 거리에 위치한 드루오 경매장은 그림뿐만 아니라 거의 모든 물품을 경매한다. 유명 화가의 원화나 조각품, 판화, 고가구나 보석, 의류 등 다양한 경매가 이루어지는 그곳을 답사 차원에서 한번 둘러보고 싶었다. 용준의 말에 의하면, 부정 축재의 귀재 윤 회장의 개입으로 윤조미술관이 그림 사재기를 할 거라고 했다. 비자금을 조성하고 돈세탁과 세금 탈루를 하려면 그림 매매만큼 좋은 것도 없다. 윤 회장은 자신의 오른팔이자 며느리인 관장 강애리를 움직여 그런 일에 본격적으로 착수할 모양이다.

경매장이 있는 거리 입구에는 감정 회사나 사무실이 모여 있었다. 드루오 경매상 건물로 들어서니 사람들이 북적였다. 경매장 건물 안에는 여러 개의 방이 있었다. 본격적인 경매를 하기 전에 전시를 하는 방과 경매가 진행 중인 방에 사람들이 들락거렸다. 어느 방에서 호가하는 경매사의 목소리와 낙찰을 알리는 망치 소리가 마이크를 통해 들려왔다. 생선과 과일을 파는 시장 못지않게 인간의 소유욕과 매매 욕구가 생동하는 현장이다.

유미는 이 방 저 방 기웃거리다가 안내 데스크에서 경매의 전 일정과 경매 물품 리스트가 화보로 나온 브로슈어 한 권을 사서 경매장을 나왔다. 유미의 수중에는 10억 원이란 돈이 있다. 윤 회장의 과거의 비밀과 비리를 봉하는 데 암묵적으로 동의하고 윤동진과의 결혼을 포기한 대가로 얻은 돈이다. 그 돈을 아직까지는 한 푼도 건드리지 않고 있다. 그것이 무엇을 위한 종잣돈이 될지 유미도 아직 결정을 못 내리고 있다. 아직까지는 그 돈을 딸아이 설희의 장래를 위해 묻어 두고 싶다. 인간의 생이 빈손으로 왔듯이 유미는 이제부터 원점에서 새로 시작하고 싶었다.

유미는 경매장을 나와 가까운 역으로 가서 지하철을 타고 오페라(Opéra) 역에서 내려 7호선 지하철로 갈아탔다. 며칠 망설이던 일을 오늘 감행하려고 나섰다. 지난번 사진 갤러리에서 받은 이유진의 주소로 한번 찾아가 보려고 마음먹은 것이다.

주소지에 적힌 동네는 파리 근교의 남동쪽에 위치한 센 강변의 이브리(Ivry)라는 동네였다. 7호선의 종점인데, 파리의 가장 큰 차이나타운을 지나는 노선이다. 유미는 전에 이유진과 함께 지낼 때 장을 보거나 베트남 쌀국수를 먹기 위해 파리 13구의 차이나타운에 가끔 들른 적이 있다. 그러나 종점까지는 가 본 적이 없었다. 종점에 가까워질수록 지하철에 남아 있는 승객은 중국인과 흑인, 아랍인이 대부분이었다.

지하철역에서 나오니 오래된 서민 아파트가 보였다. 거리에는 노동자풍의 사람들이 더러 보였다. 유미는 그중 한 남자에게 주소를 내밀며 물었다. 남자는 아랍 억양이 섞인 프랑스어로 그곳을 가르쳐 주었다. 역에서 5분 정도는 걸어야 하는 곳이었다.

유미는 거리를 걷기 시작했다. 공원 앞 광장에서 노인들이 프랑스 전통 놀이인 쇠 구슬 치기를 하는 모습이 보였다. 쇠 구슬이 부딪치며 내는 소리가 경쾌하면서도 둔중하게 들려왔다. 유미는 가슴속에서 무언가가 부딪치는 불편한 느낌 때문에 걷다 말고 크게 숨을 내쉬었다. 꿈에서도 확인하고 싶지 않은 이유진의 얼굴이었다. 확인해서 어쩌자는 걸까? 이것은 어쩌면 꼭두각시 줄을 움직이는 어떤 손을 만나게 되는 출발점일지 모른다. 아니, 어쩌면 유미가 맞아야 할 파국의 종점일지도 모른다. 그러나 유미는 작두를 타는 기분으로 그걸 확인할 수밖에 없다는 결론을 내렸다.

저만치 주소지의 아파트가 보였다. 유미는 동 호수를 확인하며 천천히 아파트 건물로 다가갔다. 아파트는 복도식의 낡은 고층 아파트였다. 엘리베이터를 타고 7층을 눌렀다. 7층에 내리니 아파트 복도는 인적 없이 조용했다. 703호. 유미는 모퉁이에 서서 차마 그리로 다가가지 못하고 망설이고 있었다. 갑자기 704호에서 일곱 살 정도 되는 흑인 혼혈 사내아이가 나오더니 현관문 옆에 세워 둔 자전거를 끌고 엘리베이터로 향하다가 호기심 어린 눈으로 유미를 힐끔 보았다. 유미는 서성거리는 제 꼴이 더 이상하게 보일까 봐 703호 현관으로 다가가 벨을 누르고야 말았다. 안에서는 아무 기척이 없었다. 이번에는 용기를 내 문을 두드려 보았다. 아무 소리도 들려오지 않았다. 아무도 없는 걸까? 갑자기 안심이 되면서 가슴속 체증이 내려가듯 무언가가 쑥 내려갔다.

유미는 발걸음을 돌릴 수밖에 없었다. 엘리베이터를 타고 1층으로 내려가 우편함을 찾았다. 우편함에서 703호를 찾으니 'Lee'란 성이 적혀 있었다. 그럼 정말로 이 아파트에 이씨 성을 가진 남자가 존재한단 말인가? 다시 유미의 가슴이 방망이질 쳐 댔다. 목이 탔다. 아파트 관리인 사무실에 가서 관리인을 찾으니 마침 그는 부재 중이었다. 유미는 우선 카페에서 찬 맥주라도 마시며 갈증을 해소하고 싶은 마음이 간절했다.

단지 정문 앞에 있는 카페로 발걸음을 옮기고 있는데 누군가가 유미에게 말을 걸었다. 아까 그 어린 소년이었다. 소년은 자전거를 끌며 말했다.

"거기 얼마 전부터 아무도 살지 않아요."

"애야, 그럼 전에는 누가 살았는지 아니?"

"어떤 아줌마가 살았는데요."

"아줌마?"

"네."

"아저씨는?"

"몰라요. 우리도 가을에 이사 왔는데 아저씨는 한 번도 못 봤어요."

"그럼, 그 아줌마에 대해 좀 말해 줄래?"

"이름은 이자벨이고 갈색 머리에 갈색 눈이에요. 말이 없고 잘 안 웃어요."

"프랑스 여자니?"

사내아이는 유미를 유심히 보더니 고개를 갸웃했다.

"그럼 마담은 프랑스 사람 아니에요?"

"이자벨이 나 같은 동양 여자야?"

"으음…… 잘 모르겠어요……."

아이는 고개를 갸웃했다. 프랑스에서는 흑인이든 백인이든 황인이든 프랑스인일 수 있다. 인종 전시장인 이곳에서 프랑스어를 쓰는 사람은 누구나 프랑스인이라고 아이들은 생각한다. 실제로 프랑스인 중에는 금발에 푸른 눈보다 갈색 머리에 갈색 눈을 지닌 여자가 더 많을 것이다. 게다가 이곳은 차이나타운이 가까운 동네. 'Lee'라는 성은 중국인에게도 많은 성이다. 프랑스어를 잘하는 갈색 눈과 갈색 머리의 중국계 여자인지도 모른다. 유미는 아이에게 고맙다고 인사를 했다. 아이는 자전거를 타고 유미에게 인사를 한 뒤 공원 쪽으로 달려 나갔다.

유미는 카페에서 찬 맥주를 시켜 찬물처럼 벌컥벌컥 마셨다. 불안감이 약간 진정되자 아파트 관리인 사무실로 돌아갔다. 관리인 사무실은 불이 꺼져 있었다. 근무 시간표를 확인하니 이미 퇴근 시간이 지났다. 잠깐 맥주를 마시는 사이에 퇴근했나 보다. 한국과 달리 프랑스의 아파트 관리인은 정해진 근무시간만 지키며, 휴대폰 번호를 공개하지도 않는다. 더더군다나 입주민의 신상명세서 같은 기록도 가지고 있지 않은, 고급 수위일 뿐이다. 유미는 일단 관리 사무실의 전화번호를 메모했다. 기분이 찝찝했지만, 다음에 다시 올 것을 기약하며 돌아섰다. 무언가 속단하기에는 아직 이르다. 그것만이 오늘 얻은 확실한 결론이다.

다니엘의 전화를 받은 것은 집으로 돌아오는 지하철 안에서였다. 그는 내일 저녁에 식사를 함께하면 어떻겠느냐는 제안을 했다. 기다리던 전화였다. 유미야 만사 제치고 오케이를 할 참이었다. 유미는 흔쾌히 그러겠다고 했다. 그는 파리 시내의 레스토랑에 예약을 하겠다며 전화를 끊었다. 용건만 간단히 통화한 후에 유미는 다니엘이라는 남자에 대해 상상을 해 보았다. 돈은 많지만 수수하고 평범한 차림을 즐기는, 공과 사가 분명한 성격의 남자일 것이다. 속물근성을 드러내지 않는 남자지만, 세 번이나 이혼했다니 무언가 성격적으로든 성적으로든 결함이 좀 있다고도 볼 수 있다. 아니면 결혼 운이 지독히 없든가.

50~60대의 남자란 유미의 룸살롱 경험에 의하면, 돈과 시간이 적당히 풍족하고 인생에 대해 어느 정도 알 만한 나이라 그때부터 인생을 즐길 줄도 알게 되거나, 반대로 인생이 시들하게 느껴질 수도 있는 나이다. 뜨거운 열정의 도가니에서는 물러선 나이이긴 하지만, 한마디로 아궁이 밖으로 기어 나온 지푸라기 같은 나이다. 불이 붙으면 금방 아궁이로 옮아가 탈 수 있는 나이다. 폭탄 그 자체는 아니지만 도화선처럼 위험한 때이기도 하다. 그만큼 충족한 듯하면서도 허전하고 외로운 나이다. 물론 상대했던 한국 남자들의 이야기다.

유미는 귀가하려던 마음을 바꿔 라파예트 백화점 주변 역에서 내렸다. 백화점에 가서 옷 구경이라도 하고 싶었다. 아닌 게 아니라 급히 한국을 떠나오다 보니 사촌 수민의 집에 세간이며 짐들을 모두 맡기고 옷을 많이 가져오지 못했다. 간편한 캐주얼 복장 말고는 마음에 드는 옷이 없었다. 오랜만에 디너 초대를 받지 않았는가! 예쁜 옷을 한 벌 사고 싶었다. 이브리에 다녀온 무거운 마음을 쇼핑으로 해소하고 싶었다. 그동안 고치 속의 애벌레처럼 움츠려 있던 유미의 가슴에서 잊었던 본능이 꿈틀거렸다.

라파예트 백화점은 유미가 파리를 떠나던 8년 전과는 다른 분위기였다. 그때는 고급스러운 백화점의 전형이었는데, 지금은 중국인 단체 관광객들로 붐볐다. 대형 크리스마스트리와 멋진 쇼윈도 장식도 2월인 지금은 없어지고, 매장도 중저가 브랜드가 많이 입점했는지 번잡스럽고 정리가 안 된 인상이었다. 세일이 잦은 한국과 달리 프랑스에서는 1년에 두 번만 세일을 하는데 꼭 세일 기간처럼 붐볐다. 유미는 아이 쇼핑을 하며 매장을 지나쳤다. 이럴 줄 알았으면 최고급 패션의 거리 몽테뉴 가나 샹젤리제 가로 갈 것을 그랬나?

샤넬 매장에 가서 기본적 아이템인 블랙 미니 드레스를 하나 구입하려고 보니 가격이 장난 아니다. 마침 가격도 적당하고 아주 심플한 디자인의 검정색 미니 원피스가 보였다. 입어 보니 유미의 보디라인을 살려 주기에 안성맞춤이다. 유미는 망설이다가 그냥 지르기로 했다. 한번 지름신이 동하니까 겁날 게 없었다. 겐조 매장에 가서는 봄 기분이 물씬 나는, 눈길을 사로잡는 블링블링한 드레스도 한 벌 질러 버렸다. 은색 구두 굽이 송곳처럼 위태위태한 지미추

킴 힘까지 질러 버리자 그제야 성이 찼다. 갑자기 동하는 맹렬한 식욕처럼 솟구친 탐욕이 성에 차자 마치 섹스의 뒤끝 같은 이상한 만족감과 허전함 같은 것이 밀려왔다.

유미는 쇼핑백을 들고 백화점에서 나와 어두운 거리를 걸었다. 오페라 역 근처의 레스토랑에 들어가 샐러드와 도미 구이, 그리고 화이트 와인 한 잔을 시켜 혼자 저녁을 먹었다. 쓸쓸한 2월 저녁이었다. 2월은 존재감이 희미한 의붓자식 같은 달이다. 겨울과 봄 사이에서 눈치만 보는 어정쩡한 이 계절이 유미는 답답했다. 빨리 방을 구하지 못하면 여행이라도 갈까? 어차피 짐도 없는 몸. 아, 2월엔 베네치아 축제가 열릴 텐데……. 유미는 갑자기 인규 생각이 났다. 인규와 함께한 지난 시간이 아른거렸다. 인규의 전화번호가 뇌리를 맴돌았다. 이미 몇 번 전화를 해 봤는데, 없는 번호라는 멘트가 나왔다. 인규는 어떻게 지내고 있을까?

나중에 지완에게 전화라도 해 봐야겠다. 그런데 화이트 와인이 한 잔 들어가자 유미는 그만 지완에게 전화를 걸고 말았다. 갑자기 시차 생각이 나서 전화를 끊으려는데, 금방 지완이 전화를 받았다.

"여보세요?"

"미안. 지완아, 너 잤지? 나 유미야."

"어머! 유미야! 너 어디니?!"

놀란 지완의 목소리에는 잠기가 없다.

"괜찮아. 안 자고 있었어."

"왜 여태 안 자고 있었어?"

"나 누구 전화 기다리고 있었거든."

지완의 목소리가 의외로 밝다.

"지금 이 시간에? 혹시 내 전화?"

"그렇다고 말하면 믿겠니?"

"그럼 해외에 간 애인?"

유미가 그냥 슬쩍 찔러본 건데 지완이 팔딱 뛰었다.

"어머! 어머! 오유미, 너 정말 무당기 있다, 얘."

아, 지완이에게 새 애인이 생겼구나. 박용준은 그래서 차였구나.

"유미, 도대체 넌 어디야?"

"나도 해외야."

"해외?"

"프랑스야. 내가 해외 나간 거 몰랐니? 같이 여행이나 하자고 한 건 누군데?"

"그러게 말이야. 사람 팔자 시간문제야. 요 한두 달 사이에 정말 많은 일이 일어났어."

"많은 일?"

"응, 그것도 한꺼번에."

지완이 살짝 한숨을 쉬었다.

"너 혹시 인규 씨와……?"

"그래, 이혼 서류 제출했어. 곧 이혼하게 될 거야."

아, 결국 그렇게 됐구나.

"그리고 새 사람이 나타났어. 있잖아, 그 사람……."

지완은 유미에게 새로운 애인에 대해 할 말이 많은 듯했으나 유미는 인규의 안부부터 물었다.

"그럼 인규 씨는?"

"나도 잘 모르겠어. 알고 싶지도 않고. 그쪽에서는 시아버지와 변호사가 다 알아서 하거든. 왠지 쉬쉬하는 분위기야."

"전화도 서로 안 해 봤니?"

"그럴 이유도, 필요도 없어."

"애도 참. 너 보기보다 좀 잔인, 아니 냉정하다. 그럼 인규 씨와 직접 통화하거나 만날 일은 없는 거니?"

지완의 목소리가 좀 딱딱해졌다.

"아마도. 왜?"

"아니, 혹시 뭐 일 관계로 연락할 일이 있을까 해서……."

"일은 무슨 일. 그 사람 이제 끝난 거 같아. 너도 미친 사람 취급했잖아. 아마도 병원에 있지 않겠냐?"

"하지만 좀 안됐다……."

"너 언제부터 그렇게 동정심이 많았니? 자기가 살인도 저지른 놈이라며 제 손에 잡히면, 나고 애들이고 다 죽여 버린다고 설쳐 댔던 인간인데, 내가 어떻게 동정할 수 있겠니? 네가 그 꼴을 안 당해 봐서 그래. 난 빨리 벗어나고 싶어. 나도 한때 그 사람 사랑하고 좋았던 때를 생각하면 왜 가슴이 아프지 않겠니? 게다가 애들 아버진데……."

지완의 목소리가 축축해졌다.

"그래, 잘했어."

"난들 온전한 줄 아니? 나도 계속 불면증이야. 지금 이 사람을 만나서 겨우 안정됐어. 나도 새 출발하고 싶어. 건강하고 오래 사랑할 수 있는 사람하고. 아니, 나랑 비슷하고 편안한 사람하고……."

"그래야지. 알았어. 지완아, 너 전화 기다린다며? 나중에 좀 편한 시간에 다시 통화하자. 내가 다시 전화할게."

유미는 전화를 끊었다. 결국 지완이 인규와 이혼을 하는구나. 인규는 어찌 될까? 사람의 인연이란 참 묘하다. 먼저 만난 건 지완이지만, 결국 인규와 더 깊은 관계를 맺었다. 지완은 우정이 애정보다 위대하다고 역설했다. 과연 그럴까? 지완과의 우정과 인규와의 애정. 아니, 애정이라기보다는 애증에 가까운 감정들……. 유미와 두 사람의 관계도는 앞날에 어떻게 펼쳐질 것인가. 인규의 거취에 따라 달라질 것이다.

늘 부러워하던, 온실 속에서 자란 부잣집 딸 유지완도 이런 풍파를 겪는구나. 명품 핸드백이 있듯이 명품 가족이 있다고 뽐내던 지완의 가정이 이렇게 깨지는구나. 그리고 어처구니없는 인규의 파멸도……. 유미는 식사를 마치고 코냑 한 잔을 느긋하게 마시며 지완을 처음 만난 스무 살로 기억을 더듬어 갔다.

지완과 처음 만난 것은 봄날이 무르익은 5월이었지만, 유지완이라는 이름을 알고서 그녀를 유미 혼자 훔쳐보기 시작한 건 입학한 지 얼마 되지 않았을 때부터였다. 아니, 입학식 날의 교통사고가 인연의 끈이 되었다.

유미가 서울의 여자대학 미대에 입학하게 되어 부산에서 상경한 지 며칠 되지 않아서였다. 겨우 학교 앞에 자취방을 구하고 나자 입학식이 코앞이었다. 엄마가 입학식에 오기로 했다가, 식당 일 때문에 올 수 없다고 전화를 했다. 서운했지만 유미는 씩씩하게 괜찮다고 했다. 그런데 엄마가 한 가지 부탁을 했다.

"유미야, 엄마가 못 가 보는 대신에 너 꽃다발 들고 사진 하나 찍어서 꼭 보내라. 내가 처녀 때 그 대학에 가 보는 게 꿈이었다."

엄마는 처녀 때 노래를 잘해서 성악과를 가는 게 꿈이었는데, 그만 유미를 임신하면서 인생이 꼬였다고 했다. 유미는 엄마의 그 말을 듣자 코끝이 찡했다. 엄마가 자신의 못다 이룬 꿈을 딸의 대학 입학으로 보상받고 싶은 것이라고 생각했다.

그러나 입학식 당일엔 이상하게 늦잠을 자 버려 학교 앞 꽃집에서 꽃다발을 사 들고 입학식이 열리는 대강당을 향해 정신없이 뛰어가야 했다. 지각이었다. 캠퍼스로 들어서자 차량들과 사람들로 제법 복잡해 보였다. 캠퍼스 지리에 익숙하지 않은 유미는 우왕좌왕하며 대강당 출입문을 찾느라 이리저리 뛰고 있었다. 그때 갑자기 꽃을 든 팔꿈치에 타격이 가해졌다. 검은색 대형 세단이 유미를 채 보지 못하고 급히 지나다가 사이드미러로 유미를 친 거였다. 유미는 오른손에 든 꽃을 놓치고 땅바닥으로 넘어졌다. 다행히 유미는 차를 피했지만 꽃다발은 뒷바퀴에 뭉개졌다.

운전기사가 급히 내리고 유미 또한 땅바닥에서 일어났다. 무릎과 팔이 얼얼했지만 다행히 경미한 타박상 같았다. 다만 망가진 꽃다발 때문에 속상해서 눈물이 날 것 같았다. 젊은 기사가 괜찮으냐고 물어 왔다. 유미는 망가진 꽃다발을 집어 들고 기사를 원망스레 바라보았다.

하지만 뭐라고 말하기도 전에 눈물이 고이고 말았다. 그때 차에

서 한 신사가 내렸다. 그 신사는 뭐라고 말하며 다가오다가 유미의
눈물을 보고 주춤했다.

"많이 다쳤나 보네. 학생 많이 아픈가 봐. 미안해요. 이를 어쩌
나……."

"전 괜찮아요. 그런데 꽃이……."

"김 기사, 이 학생 병원에 좀 데려가지."

신사가 젊은 기사를 보며 말했다.

"아니에요. 입학식에 참석해야 해요. 사진을 찍어야 하거든요. 그
런데…… 그런데…… 꽃이 망가져서……."

엄마의 소원을 들어주지 못할 거 같아 속상했다. 유미의 두 눈에
서 눈물이 굴러떨어졌다. 그러자 신사가 차의 뒷문을 열고 꽃다발
을 꺼냈다.

"자, 망가진 꽃 대신 이 꽃다발을 받아요. 우리 딸 주려고 했는
데 학생 꽃다발을 망가뜨렸으니 받도록 해요."

신사가 내미는 꽃다발은 훨씬 더 풍성하고 아름다웠다. 유미는
선뜻 받지 못하고 망설였다.

"의원님 팔 아프시겠어요. 얼른 받아요."

기사가 옆에서 채근했다. 유미는 엄마의 당부가 생각나서 꽃다발
을 받아 들었다.

"학생은 무슨 과야? 이름은 뭐고?"

신사가 부드럽게 물었다.

"서양화과 오유미라고 합니다."

"으음, 그래. 김 기사, 이 학생 나중에 병원 데려가게 연락처 받아

놓도록. 학생, 정말 미안하네. 이것도 사고는 사고니까 내가 책임지 겠네. 그리고 입학 축하해요."

신사는 기사에게 처리를 부탁하고 입학식이 열리는 대강당으로 들어갔다. 유미도 주소와 전화번호를 묻는 기사에게 급히 말해 주 고는 식장으로 뛰어들어 갔다. 입학식이 끝나고 유미는 신사가 준 꽃다발을 안고 캠퍼스 안의 사진사에게 즉석 사진을 찍었다. 팔이 뻐근했으나 엄마의 부탁을 들어주었다는 데 안심을 했다. 원래 꽃 다발의 주인이었을 신사의 딸에게는 좀 미안했다.

김 기사라는 운전기사가 유미의 자취방을 찾아온 것은 입학식을 한 지 사흘이나 지났을 때였다. 괜찮을 거 같던 팔이 붓고 시큰거 리며 아파 올 무렵이었다. 수업 시간에 연필을 쥐고 글씨를 쓰는 게 불편했다. 돈이 많이 들까 싶어 병원에는 가지 않았다. 그때야 그쪽 의 연락처를 알아 두지 않은 게 후회됐다. 그때만 해도 세상 물정 모르고 어수룩하던 시절이었다.

누군가 방문을 두드려서 나갔더니 그 기사가 서 있었다. 그는 약 간 화가 난 얼굴이었다.

"찾느라 혼났네. 나랑 얼른 병원 가게 나와요. 주소를 써 주고 가 든가 하지 그렇게 급히 말하고 그냥 가 버리니 내가 어떻게 그걸 외 워. 서양화과 가서 학적부를 다 찾아보고 왔네. 의원님한테 혼만 나 고, 쳇!"

"의원님? 혹시 그분 한의원 하세요?"

기사가 유미의 말에 황당한 표정을 지었다.

"한의원? 아니, 우리 의원님이 어디 한의원 하는 사람 같아요?

유명하신 국회의원인데……."

"국회의원? 정말요?"

"빨리 옷 입고 나와요. 아닌 게 아니라 한의원 가서 침이라도 맞든가."

유미는 기사와 함께 정형외과에 가서 진료를 받고 치료를 받았다. 뼈는 괜찮고 타박상과 찰과상이라 했다. 기사가 유미를 자취방에까지 태워다 주고는 명함을 한 장 내밀었다.

"이만한 게 다행이네요. 이거 우리 의원님 명함인데, 오른팔 다 나으면 전화하래요. 학생한테 밥 한번 사 주신다고 하네요. 그리고 이거……."

기사가 봉투를 내밀었다.

"의원님이 치료비에 보태 쓰라고 보내신 거예요."

"아, 예…… 감사합니다."

유미는 봉투를 받으며 고개를 꾸벅 숙여 인사를 했다. 기사가 나가려 할 때 유미는 그동안 궁금하던 걸 물었다.

"아저씨, 그런데 저기…… 의원님 딸도 우리 학교에 입학한 거 맞죠?"

"그런데요."

"이름이 뭐예요? 저한테 좀 알려 주시면 안돼요?"

"뭐, 안 될 건 없죠. 유지완이라고. 사학과인가, 사회학과인가? 아, 사학과다. 막내딸이라 의원님이 귀여워하고, 엄청 공주예요."

"아, 그래요…….”

"아, 내가 한 말 의원님께 이르지 말아요."

기사는 의인의 딸에 대해 사견을 단 걸 살짝 후회하는 눈치였다.

"알겠어요."

"그럼, 잘 있어요."

기사가 나가자 유미는 봉투에 든 돈을 꺼내 보았다. 치료비 명목이라곤 하지만, 유미의 한 달 생활비에 맞먹는 돈이었다. 유미는 왠지 기분이 좋았다. 이만하니 다행이지, 자칫 차에 깔렸다면 어쩔 뻔했나. 며칠 물리치료나 받으면 나을 팔과 다리에 이런 치료비를 받다니. 교통사고도 이 정도면 나쁘지 않은 것 같다. 유미는 명함을 보았다. 국회의원 유병수. 사회책에나 나오는 직업인 국회의원을 실제로 만나다니. 서울이란 곳이 좋긴 좋구나. 그리고 그런 국회의원이자 점잖고 중후한 신사를 아버지로 둔 사학과의 유지완이라는 여자애에 대해 유미는 상상해 보았다. 그 애는 얼마나 좋을까. 국회의원 아버지의 사랑을 한 몸에 받는 막내딸이라 했지? 아마도 공주처럼 예쁠 거야.

유지완. 사학과 1학년 유지완. 유미는 그 이름을 입속에 굴려 보았다. 그 여자애를 보고 싶었다. 그런 멋진 아버지를 두고 유복한 가정에서 공주처럼 자랐을 서울 여자애. 유지완을 한번 보고 싶었다. 유지완이라는 여자애는 지방에서 올라온 가난하고 외로운 유미에겐 호기심이자 선망의 대상이었다. 유미는 사학과의 시간표를 알아내 강의실을 기웃거리며 유지완이라는 여학생이 누구인가를 찾아보았다.

*

다니엘과 저녁 약속이 잡혀 있어서 유미는 그날 몇 군데 방을 보러 가려는 약속을 취소했다. 그리고 '외젠 리'라는 사진작가가 살고 있는 이브리의 아파트 관리인에게 전화를 해 봐야겠다는 생각을 취소했다. 뭔가 큰일을 앞두고 있는 시점에 복잡하거나 의문스러운 일로 기분을 잡치고 싶지 않았다. 유미의 머릿속에는 서랍이 많다. 그런 일들은 당분간 가장 맨 밑의 서랍에 넣어 놓고 잠가 두고 싶었다. 대신 지혜의 서랍을 열고 싶었다. 10년 전에는 이곳에 왔을 때의 막막함과 외로움을 분방한 섹스로 풀었다. 이제는 그렇게 살아서는 안 된다. 절제의 미덕이란 스스로를 가치 있게 만드는 것이다. 유미는 요즘 미술계의 추이와 판도를 익히려고 미술관과 박물관, 화랑 등을 관람하고 분석하느라 시간을 할애하고 있다.

유미는 오랜만에 정성 들여 화장을 하고 코트 속에 어제 산 검은색 미니 드레스를 입었다. 화장은 너무 야하지 않게 조심해서 했다. 여자의 화장술은 하나의 전략이다. 경우에 따라 강도를 조절해야 한다. 처음부터 너무 진하게 표현하면 그다음부터는 화장발이 잘 안 먹힌다. 처음에 너무 매운 음식을 먹어 버리면 그다음 음식은 거의 맛을 느끼지 못하듯이. 심플한 디자인이지만 은근히 섹시한 드레스에 걸맞게 화장은 차분하지만 여성스러운 모습으로 연출했다. 그러나 이곳 사람들과 함께하는 저녁 식사에 빼놓을 수 없는 와인 때문에 입술은 레드 컬러로 붉게 칠했다. 흐린 색 입술은 와인이 묻으면 곧잘 변색되기 때문이다. 거울을 바라보며 유미는 입술을 쪼옥 내밀고 허공에 키스를 하며 화장을 마쳤다.

다니엘이 예약한 곳은 리볼리 가에 위치한 고급 레스토랑이었다. 다니엘은 겨자색 캐시미어 스웨터 위에 체크 콤비 재킷과 편안한 블루진을 매치해 입고 나왔다. 그래도 한눈에 고가의 옷이라는 게 느껴졌다.

"여기 음식 맛있어요. 미슐랭에서 별 두 개를 얻은 식당이죠. 요리사가 유명하고 재능 있는 젊은 친구입니다."

메뉴판을 들고 고르려니 음식 값도 비싸지만 뭐가 뭔지 잘 모르겠다. 이럴 때는 아는 척하지 말고 겸손해야 한다.

"프랑스 음식은 너무 무궁무진해서 외국인은 잘 모르겠어요. 다니엘이 골라 주세요."

"아, 여기는 송아지 요리가 정말 끝내줘요. 그리고 디저트가 정말 환상적입니다."

다니엘은 신이 나서 요리에 대해 한참 떠들더니 코스 요리를 추천해 주었다. 식전주로 시킨 샴페인부터 맛이 각별했다. 다니엘이 물었다.

"위베르한테 얘기 들었어요. 한국의 재벌 그룹 미술관의 큐레이터로 일하신다고요? 작년 개관전 때 위베르도 초청되었다고 하던데, 굉장했다고 하더군요."

"네, 지금은 재충전을 위해 잠시 휴가 중입니다."

"아, 그렇군요."

"그런데 요즘은 제가 화랑을 차려 보는 것도 괜찮을 것 같다는 생각이 듭니다."

"호오, 그래요? 그래서 그림 매매에 관심이……."

다니엘이 유미를 유심히 보았다. 유미의 재력을 가늠해 보려는 눈빛일까?

"어쨌든 제가 그림을 사거나 재벌 회사에서 사거나…… 여러 루트로 좀 구입해야 할 거 같아요. 도움 부탁드립니다."

"관심 있는 작가라도?"

"앤디 워홀 같은 팝아트 작가나 미셸 바스키아 같은 낙서 화가 쪽도 관심 있고요. 또 요즘 잘나가는 데미안 허스트나 제프 쿤스도 괜찮고……."

"그럼 우리 아들을 소개해 드리면 괜찮겠는데……."

"아드님이라뇨?"

"지금 영국 런던에 있어요. 크리스티라는 경매 회사에 있죠. 원하면 거래할 수도 있고, 경매 정보를 줄 수도 있어요."

"필요하면 부탁드릴게요."

"프랑스 화가에겐 관심 없어요? 장 뒤뷔페나 로베르 콩바스의 작품 들은 우리 화랑에서 취급하고 있어요."

"아, 그래요?"

"또 개인적으로도 유명한 그림들을 좀 가지고 있어요. 난 현대 화가들보다 고전 화가들의 그림이 좋아요. 뭐 고흐나 피카소, 모네나 마네도 소장하고 있긴 하지만."

"와우!"

유미는 기분 좋은 감탄사를 날려 주었다. 다니엘도 기분이 좋은 눈치다.

"제가 구매할 작품 리스트를 조만간 한번 생각해 볼게요. 한국에서 근 기획전을 먼저 하는 방법도 좋을 거 같고요."

"서로가 윈윈 하는 방법을 좀 생각해 봅시다. 일단 오늘은 이렇게 살짝 운만 떼지요."

식사가 계속 나오고 와인도 그에 따라 달라졌다. 취기가 돌고 기분 좋게 배가 불러 오면서 왠지 좋은 예감이 들었다. 이런저런 이야기를 나누다가 디저트를 먹을 때 그가 조심스레 물었다.

"참, 방은 구했어요?"

어떻게 그것까지 기억하고 있을까. 다니엘은 세심한 남자인가 보다.

"아뇨, 아직……."

"얼마나 있을 예정인데요?"

"글쎄요. 그게 상황에 따라 좀 달라서……."

그가 잠시 입을 다물고 있다가 커피를 한 모금 마시며 신중한 톤으로 말했다.

"오해가 없길 바라면서 제안하는 겁니다. 제 집이 좀 넓은데 제가 혼자 삽니다. 복층 아파트인데 아들도 런던에 있고 위층은 텅 비어 있지요. 원하신다면 그곳에 거주해서도 저는 상관없습니다. 독립적인 구조고 보안도 잘되어 있습니다. 숙녀분이라 이런 말하기가 좀 어색합니다만, 저는 연인이 있으니 얌전할 겁니다."

그는 그 말을 하며 살짝 귓가가 빨개졌는데 술 때문만은 아닌 것 같았다. 프랑스 남자들은 생각보다 소심하고 부끄러움을 잘 탄다.

"그럼 그 넓은 집에 연인이랑 함께 살면 되잖아요?"

유미가 그 말을 하자 그의 얼굴은 더 빨개졌다.

"으음, 소피는 유부녀거든요."

유미는 아, 하며 입을 다물었다.

"가정부가 있으니 편할 겁니다."

"이 제안은 사업과 별개로 받아들여도 되겠습니까? 방세는요?"

다니엘이 양 어깨를 쓱 올렸다 내렸다.

"방세를 받을 거 같으면 얘기하지도 않았습니다. 그런 거 필요없어요."

"그럼, 저한테 바라는 건요?"

유미가 웃으며 농반진반으로 물었다.

"혼자 먹는 아침 식사가 싫습니다."

"아침 식사라…… 의무인가요?"

"의무? 오! 이건 거래가 아닙니다. 그냥 순수한 우정 차원이죠."

"아이, 제 말은…… 너무 믿기지 않아서 그래요. 호텔을, 그것도 조식이 포함된 고급 호텔을 무기한 공짜로 쓰라는 것만큼 황당해서요."

유미는 잠시 생각하다 고개를 끄덕였다.

"좋아요! 그리고 정말 고마워요."

다니엘도 고개를 끄덕이며 싱긋 웃었다.

"오늘 밤이라도 구경하시렵니까?"

"오늘 밤에요? 오! 너무 늦었어요."

유미는 단호하게 도리질을 쳤다. 이럴 때일수록 값싼 여자로 보이면 안 된다. '밀당' 한번 안 해 보고 넘어갈 수야 없지 않은가. 무릇 연애와 협상에서 밀고 당기기는 어장 관리의 기본인데.

"아, 숙녀분에게 결례했다면 죄송합니다."

"편한 낮 시간에 연락 주시면 한번 구경 가죠."

"아니, 언제든 편하실 때 짐을 옮기십시오. 가정부에게 준비하라고 일러 놓겠습니다."

"정말, 정말 감사합니다. 다니엘처럼 좋은 분을 만나니 이렇게 좋은 일만 생기는군요. 우리 뭔가 잘될 거 같지 않아요? 그런 의미에서 오늘은 제가 쏩니다."

"그러시죠. 집세 대신 제가 한 번 정도는 얻어먹어도 괜찮겠다는 생각이 듭니다."

유미는 풍선처럼 기분이 붕 떴다. 최근의 답답한 일들이 체중 내려가듯 쑥 내려가는 것 같았다. 그래서였을까? 긴장이 풀린 탓인지, 식사 단계마다 바꾼 술 때문인지 갑자기 취기가 몰려왔다. 풀코스 식사를 마치고 나자 11시가 다 되어 있었다. 계산을 끝내고 밖으로 나오는데 다리가 휘리릭, 풀렸다. 유미가 휘청거리자 다니엘이 한쪽 팔을 잡고 부축을 해 줬다.

"취하신 거 같은데 집까지 모셔다 드리죠."

다니엘이 택시를 불러 유미를 태우고 옆에 앉았다. 유미는 택시에 타자마자 기사에게 집 주소를 대 줬다. 그러고는 정신이 혼미해졌다. 술에 과도하게 취하면 잠을 이기지 못하는 것은 유미의 체질이었다. 그런 게 크게 나쁠 것도 없었다. 원한다면 새로운 장소에서 눈을 뜨게 해 주는, 술은 그야말로 마법을 부리는 '마술'이기 때문이다.

유미는 창밖의 새소리에 잠이 깼다. 동트기 전에 첫 울음을 우는 새들의 지저귐을 귓전으로 들으며 좀 이상하다 싶은 느낌에 눈을 떴다. 새벽의 미명 속에서도 눈에 보이는 풍경이 확연히 달랐다. 유미는 우선 자신의 몸부터 둘러보았다. 외투만 벗겨져 있을 뿐 검은색 미니 드레스는 입은 채였다. 미니 드레스가 올라가서 허벅지가 훤히 드러나 있긴 했지만, 구두까지 신고서 침대에 누워 있었다. 이곳은 어디일까? 새소리가 크게 들리는 것을 보니 공원이 가까이 있나 보다. 스탠드 등을 켜니 화려한 양식의 루이 15세풍 고가구로 장식된 방의 침대에 자신이 누워 있었다. 몽롱한 머릿속이 문득 환해졌다. 아하, 다니엘의 집 침실인가 보다. 그러나 다니엘은 보이지 않았다.

그제야 유미는 어제 택시를 타자마자 곧 정신을 잃어버렸다는 것을 기억해 냈다. 순간적으로 유혹의 본능이 살짝 도져 취한 것처럼 보이려고만 했는데, 그대로 잠들어 버린 것 같다. 단호하게 거절했지만, 결과적으로는 예상보다 빨리 집 구경을 하게 된 셈이다. 법률 용어로 '미필적 고의'라는 게 있다. 뭐, 그런 것 비슷한 심리였을 거다.

잠시 후 날이 희붐하게 밝아 왔다. 유미는 망설이다 방을 나섰다. 방문을 열자 거실이 나왔고 몇 개의 방문이 보였다. 그리고 아래로 내려가는 계단이 보였다. 호화로운 인테리어와 가구로 장식된 복층 아파트였다. 2층 벽에는 액자부터 화려한 복고풍 그림이 걸려 있었고, 사냥을 즐기는지 박제된 뿔 달린 사슴 머리가 천장 가까이 몇 군데 장식되어 있었다. 아파트지만 마치 고성(古城)의 실내를 방불케 했다. 유미가 잤던 침실 말고 다른 방들은 문이 잠겨 있었다. 아래층은 다니엘의 거처인 것 같았다. 유미는 발소리를 죽여 양탄자가 깔린 계단을 내려갔다.

아직 조용한 아래층은 훨씬 호화롭고 넓었다. 유미는 얼른 한 번 휘둘러본 다음에 다시 위층으로 올라가 방으로 들어왔다. 창문을 열었다. 5층 정도에 위치한 방인 것 같았다. 창 앞에 바로 키가 큰 나무들이 서 있고 공원이 내려다보였다. 유미는 달리 할 일이 없어서 침대로 들어가 다시 누웠다. 어제 마신 술이 좋았는지 속은 멀쩡했는데, 좀 피곤하긴 했다. 이대로 나가서 집으로 가야 하는 걸까? 아니면 모른 척 다니엘이 깨울 때까지 잠들어 있어야 하는 걸까? 그러나 새들의 지저귐 때문에 다시 잠들 거 같지는 않았다.

일어나 방 안쪽 문을 열어 보니 월풀 욕조가 있는 욕실이 나왔다. 유미는 피로도 풀 겸 아예 옷을 벗고 욕실로 들어가 욕조에 누웠다. 월풀 욕조에서 홀로 스파를 즐기다 보니 옛 남자들이 떠올랐다. 그들의 얼굴이, 나신이 환영처럼 떠오르다 사라졌다. 유미가 떠난 후 유미를 찾아왔다는 고수익도, 박용준도, 곧 결혼을 앞둔 윤동진의 나신도 손에 잡힐 듯하건만, 이곳은 서울과는 지구 반 바퀴나 떨어져 있다. 유미는 요즘 들어 휴화산처럼 잠잠한 자신의 벗은 몸을 내려다보았다. 두 개의 언덕 사이로 평야가 이어지다 검은 숲의 구릉이 보였다. 유미는 그곳을 한 손으로 쓰다듬다 깊은 신음을 흘리며 눈을 감았다. 온몸을 두들기는 물살의 자극이 좋아 유미는 그대로 몸을 맡긴 채 한참을 누워 있었다.

욕조에서 나온 유미는 거울 앞에 섰다. 욕실의 한쪽 벽 전체가 간접조명을 받는 거울이라 유미의 몸은 대리석 조각처럼 음영이 깊고도 돌올해 보였다. 그때 방문을 두드리는 소리가 들렸다. 당황한 유미가 미처 대답을 못 한 사이에 누군가가 벌써 방으로 들어온 듯했다. 열린 욕실의 전면 거울로 다니엘이 방 안으로 들어오는 게 보였다. 거울 앞에 나신으로 선 유미의 뒷모습을 본 다니엘이 주춤, 그 자리에 섰다.

"오, 이런 실례! 아까 일어난 거 같은 소리가 들려서……."

다니엘의 당황한 모습이 거울로 보였다. 유미는 얼른 두 손으로 몸을 가렸다.

"준비되면 아래층으로 내려오세요. 아침 식사 합시다."

다니엘이 말하며 후다닥 계단을 내려가는 소리가 들렸다. 머쓱해진 유미는 목욕 타월을 찾아 두르고 방으로 들어왔다. 핸드백에서 휴대폰을 꺼내 보니 어제 늦은 밤에 박용준으로부터 부재중 전화가 와 있었다. 유미는 침대에 비스듬히 기댄 채 전화를 걸었다.

"나야. 전화했었네."

"아! 쌤!"

"전화 괜찮아?"

"아, 지금 막 점심 끝내고 사무실에 들어가는 중이에요."

"무슨 일로 전화했어?"

"빅뉴스입니다. 제가 조만간 해외 출장을 가게 됩니다."

"그래?"

"미술 시장 동향을 답사하고 작품을 물색하는 차원이죠, 뭐. 프랑스로 가는데, 영국이나 독일을 포함해도 되고요."

"내가 여기 있다는 얘기는 아무한테도 안 했겠지?"

"딩근이쇼. 제가 강애리에게 아주 신임을 받고 있거든요. 전에 얘기했죠? YB에서 미술품을 대거 구입하려는 계획이 있다고."

"그래, 얼마 전에 들었지."

"출장 가면 저를 좀 도와주셔야죠. 사실 그런 내색은 안 했지만 쌤 믿고 가는 거거든요."

"그 계획서 내게 보내 봐."

"안 그래도 그러려고 해요. 지금은 근무시간이라 좀 그렇고요. 제가 다시 전화할게요."

"그래, 알았어. 용준, 보고 싶다."

"정말요?"

"그럼."

"쌤을 파리에서 만날 생각하니 꿈같아요. 중딩 시절 이후로 안 했던 몽정을 다 했다니까요. 요즘 저도 외롭거든요."

용준과 통화를 끝내고 유미는 잠시 생각에 잠겨 고개를 끄덕였다. 유미는 수건으로 머리칼의 물기를 닦고 다시 옷을 입었다. 거울을 보니 화장기 없는 얼굴을 살짝 가린 촉촉한 긴 머리가 섹시해 보였다. 유미는 아까 알몸으로 맞닥뜨렸을 때 다니엘의 민망해하던 얼굴을 떠올렸다. 아래층에서 구수한 모닝커피 냄새가 올라왔다. 유미는 맹렬한 식욕을 느끼며 아래층으로 내려갔다.

다니엘이 기다렸다는 듯이 아래층에서 유미를 맞이했다. 잠깐 어색한 기운이 감돌았다. 유미가 눈을 내리깔고 수줍은 미소를 지었다. 다니엘이 그 미소를 보며 만족스러운 얼굴로 "봉주르(bonjour)"

하며 속삭이듯 인사했다. 그가 안내한 식당으로 들어서니 이미 아침상이 차려져 있었다. 프랑스의 아침 식사는 '프티 데죄네(petit déjeuner)'라고 해서 아주 간단하다. 부잣집이라고 아침부터 거하게 먹는 건 아닌가 보다. 대신에 커피 주전자나 커피 잔 세트가 무척 고급스럽고 화려한 리모주 도자기 세트였다. 하녀 복장을 한 여자가 갓 구운 빵을 내왔다.

"아, 셀린, 바로 이분이 앞으로 위층을 쓰시게 될 거야. 내가 부를 때까지 들어가 있어요."

셀린이라 불린 중년 여자는 유미를 일별하고는 "봉주르" 하며 인사를 했다. 그녀가 식당에서 나가자 다니엘이 손수 커피를 따라 주었다.

"잘 잤어요?"

"네, 실례를 끼쳐서 미안합니다. 그런 꼴을 보여 드려서……."

유미가 부끄럽다는 듯이 고개를 숙였다.

"그런 꼴이라뇨. 아까는 내가 실례했어요."

아까의 장면을 떠올리는지 다니엘의 귓불이 갑자기 붉어졌다.

"괜찮아요. 욕실 문을 닫지 않은 제가 잘못이죠."

"앞으로는 조심하겠습니다."

유미는 그 말에 살짝 미소를 지어 주었다. 다니엘도 조용히 미소를 지었다.

"동양 여인의 아름다움에 제가 조금씩 눈떠 가는 것 같습니다."

"동양 여자를 만난 적 없으세요?"

"물론 일로 만난 적은 있지요. 그런 의미로 묻는 것은 아닌 거 같은데……."

유미는 소용히 수줍은 미소를 짓다가 물었다.

"뭐, 동양 여인의 아름다움이라고 별 다를 게 있나요? 아름다움이란 보편적인 거 아닌가요?"

"바로 지금 짓고 있는 미소 같은 겁니다. 동양의 미소는 왠지 은은한 향기가 느껴지는 거 같아요. 지난번에 남자 셋과 만났을 때 당신은 이야기를 많이 하지 않고 그저 조용히 웃고 있었지요. 난 그 고요함이 좋았어요."

하긴 프랑스 여자는 식사를 하면서 토론을 벌일 정도로 수다스럽고 말이 많다. 하지만 외국인인 나로서는, 여러 사람들과 불어를 구사하고 듣고 하다 피곤해지면 그저 부처 같은 온화한 미소라도 짓고 있어야지, 별수 있나.

"동양 여자는 신비롭거든요. 드세지 않고 고요하고 순종적이고……."

다니엘은 동양 여자에 대한 환상을 갖고 있었다. 굳이 환상을 깰 것까진 뭐 있나. 유미는 마치 카메라 앞에서 커피 광고의 연기를 재연하듯 커피 잔을 들어 코로 향기를 마시며 살짝 눈을 감은 채 미소를 지었다.

"아, 바로 그 미소!"

다니엘이 엄지를 치켜세웠다.

"그러고 보니 당신 덕분에 오늘 아침 커피 향이 다른 날보다 훨씬 매혹적으로 느껴지네요."

다니엘도 커피를 맛나게 마셨다.

"고마워요!"

유미도 고마움을 표시하며 활짝 웃었다.

"집이 마음에 드세요?"

"네, 정말 훌륭하고 아름다운 집이에요."

"하루라도 빨리 옮겨 오세요. 당신과 함께 맛있는 커피를 마시며 새날을 열고 싶어요. 소피를 사랑하지만 그녀와는 단 하루도 아침을 함께 열 수 없으니……."

갑자기 다니엘의 얼굴에 검은 독수리 한 마리가 지나가듯 고독의 어두운 그림자가 획, 지나갔다.

"좋아요. 멋진 커피 메이트가 되어 드릴게요."

유미가 경쾌하게 말했다.

유미는 다니엘에게 가능하면 빨리 정리하고 이사를 오겠다는 약속을 하고 집으로 돌아왔다. 좁은 원룸 아파트에 들어와 핸드백을 던지고 침대에 큰대(大) 자로 벌렁 누웠다. 무언가 새로운 생이 유미의 인생 2막에 펼쳐질 것 같은 예감이 들었다. 인생이란 하루하루 쪽대본으로 리허설도 없이 무대에 올라야 하는, 막을 올리기 전까지는 한 치 앞도 알 수 없는, 녹화도 안 되고 편집도 안 되는 드라마지만.

그러다 갑자기 유미가 일어나 앉아 전화를 걸었다. 신호가 가고 나서 좀 있다 한 남자가 무뚝뚝하게 전화를 받았다.

"아, 안녕하세요? 관리인 사무실 맞죠?"

"예, 그런데요."

남자는 본토 프랑스인 억양이 아닌 듯했다.

"무슈 카파?"

"예, 섭니다. 무슨 일입니까?"

"그 아파트 703호에 사는 입주자 중에 무슈 리에 대해 몇 가지 물어보고 싶은데요."

"무슈 리? 무슨 일인지 모르지만 우리는 입주자 정보를 전화상으로 함부로 얘기해 줄 수 없어요."

"그러시겠죠. 그럼 한 가지만 물어볼게요. 그 남자가 한국인인가요?"

"남자? 한국인? 그건 잘 모르겠고. 그 집은 몇 달 전부터 바캉스를 다녀오겠다며 비워 둔 지 꽤 되었어요. 곧 올 때가 된 거 같은데…… 그리고 그 집 입주자의 성은 리가 아닐 텐데……."

"네? 제가 분명 우편함에 씌어 있는 성을 보았는데요."

"아마 예전 입주자의 성인가 보죠. 잘못 봤을 거요."

예전 입주자? 그럴 수 있겠다. 3년 전 주소니까 이사를 갔을 수도 있을 것이다. 그리고 Lee라는 성은 중국인에게도 많은 성이다. 새 입주자가 귀찮아서 자신의 이름표를 안 붙인 걸 수도 있을 테니.

"그럼 지금 입주자는 성이 뭔데요?"

"아까도 얘기했지만, 전화로 입주자 신상에 대해 이것저것 까발리지 않는다고 말했잖아요. 아, 이만 바빠서 실례."

점입가경이긴 하지만, 이유진에 대해 밝혀진 건 아직 아무것도 없다. 8년 전 그는 머리를 둔기로 맞고 칼에 찔려 죽었다. 사체를 파리 교외의 인적 없는 그의 작업실 근방의 숲 속에 유기했다. 겨울의 끝 무렵 그 한적한 숲 속으로 산책을 갈 사람은 없다. 들짐승들의 먹이가 되었을지도 모를 그가 다시 살아나서 3년 전에 사진전을 열고, 예전에 그가 살던 동네와는 다른 도시 근교의 아파트에 살고 있었다는 가정이 말이 되는가? 유미는 고개를 흔들었다. 유미가 파리로 온 것은, 윤 회장과의 약속도 약속이지만, 이유진의 죽음을 확인하고자 하는 것도 몇 가지 이유 중 하나였다. 살인자가 현장에 와 보는 심리 같은 건지도 모른다. 그런데 폴을 만나 우연히 이유진이 죽기 전에 살던 방을 임시 거처로 하게 된 것도 묘한 인연이라는 생각이 들었다.

유미는 침대에 걸터앉아 방 안을 둘러보았다. 이유진을 만나 여러 가지 곡절을 겪으며 결국 그를 사랑하게 되면서, 유미는 자신의 방과 가까운 이 방으로 이유진을 이사하게 했다. 왠지 모르지만 함께 사는 것은 이유진이 끝끝내 반대했다. 이 작은 원룸 아파트에서 이유진은 가끔 유미를 만나 사랑을 나누고 휴식을 취하곤 했다. 이유진은 파리 근교의 작은 마을에 농가를 개조한 아틀리에를 갖고 있었다. 그곳에서는 사진 작업과 그림 작업을 병행했고, 파리의 이 방은 그야말로 그의 둥지 같은 곳이었다.

침대에 누워 사랑을 나누다 출출해지면, 솜씨 좋은 이유진이 스크램블드에그나 치즈를 녹인 토스트 같은 걸 간단히 만들어 주기도 했던 작은 싱크대도 그대로다. 무언가 강렬하게 쏟아 내고 난 섹스 후의 허기에 그 소박한 음식 냄새가 코를 간질이면 눈물까지 날 정도로 먹먹해지던 순간들…… 열어 놓은 창으로 보이던, 5월의 햇빛 속에서 흰 꽃 타래를 부라보콘처럼 달고 있던 마로니에 가로수들. 지금은 헐벗은 가지만 보이지만, 바람결에 커다란 잎이 마치 푸른 손들이 환호하듯 흔들리던 마로니에 나뭇잎들…….

유미는 노트북을 켜고 저장해 놓은 동영상을 틀었다. 홍두깨가 보내 준, 이유진과의 정사 장면을 담은 1분 30초짜리 동영상이다. 이유진은 그 화면에 생생히 살아 있고, 열어 놓은 창밖으로는 푸른 마로니에 잎들도 언뜻 보이고, 배음으로 한낮의 텔레비전 소리도 들린다. 바로 이 방, 8년 전의 이 방…… 이유진과의 추억이 서린 방. 추억은 악몽이 되었지만, 어쩌면 그 악몽을 극복하기 위해 유미는 정공법을 택했는지도 모른다. 이곳에서 이유진과 관련된 모든 것을 정리하고 싶었다. 이유진의 죽음을 확인하고, 평생 소멸하지 않고 따라다닐 그 '살인의 추억'도 마침내 장례를 치르고 그를 완전히 매장할 수 있기를 바랐다.

그러나 이제 이 방을 떠나야 할 때가 다가온다. 다니엘의 아파트로 곧 입성할 것이다. 간혹 유학생들이 외로운 프랑스 독거노인의 말벗이 되었다가, 노인이 죽은 후 거액의 유산을 상속받는 경우가 있다. 그 경우와는 다르겠지만, 무언가 출발이 좋다.

이유진 문제는 아직은 때가 아닌 것인가. 그까짓 망상, 이제 무시하고 새로운 도약을 위해 힘차게 날갯짓을 해야 하는가. 차라리 다니엘의 집으로 거처를 빨리 옮기는 게 망상에서 빠져나오는 방법인지도 모르겠다. 챙겨야 할 물건들을 눈여겨보다가 유미는 가방 깊숙이 보관했던 파리 시절의 일기장과 수첩을 꺼냈다. 유미가 간직한 물건들은 사촌 수민의 집에 대부분 맡겼지만, 프랑스로 오면서 그것들은 챙겨 왔다. 수첩을 꺼내 보니 당시 지인들의 연락처가 적혀 있었다. 새로운 일을 위해 더러는 필요할 것이다. 그리고 일기…… 몇 번이고 태울까 생각했고 죽을 때까지 읽고 싶지 않았으나 버릴 수 없었던…… 유미는 그것을 펼치고 10년 전의 시간 속으로 스며들었다.

키다리 오빠

이유진은 좀 특별한 남자였다. 날카롭지만 웃으면 한없이 부드러워지는 눈매를 가진 사람답게, 섬세한 감정을 가졌으나 무섭도록 절제할 줄도 아는 남자였다. 다시 말해 기회만 있으면 껄떡대는 '껄떡남' 스타일이 아니라 뭔가 냉정한 구석이 많았다. 그게 요즘 말하는 '까도남'이나 '차도남' 스타일하고는 다른 게, 성격이 차갑다거나 까칠하다고 말하기는 뭐한, 그런 구석이 있었다. 무섭도록 절제할 줄 아는 남자라고 했지만, 딱히 그게 절제심에서 나온 건지 뭔지 아리송할 때가 많았다. 어찌 보면 절제심이 아니라 무심함 같은 건지도 모른다.

그때까지 유미가 경험해 본 남자는, 돈이 많은 놈들은 돈 들인 값만큼 어떡하든 단맛을 다 빼먹으려 하는 놈들이고, 돈이 없는 놈들은 가진 게 없으니 유미에게 매달려 죽기 살기로 집착하고 못살게 구는 놈들이었다. 걸핏하면 손목을 긋고 눈물겨운 협박으로 유미에게 집착하던 손진호에게서 벗어나 혼자 이국으로 떠나오니 살 것 같았다. 하지만 또 이렇게 낚싯밥이 안 먹히는 이상한 남자를 보니 그것도 기분이 나빴다. 그렇지만 프랑스어도 못하고 물정도 어두운 유미가 이유진을 무시하고 살기는 힘들었다. 게다가 이유진은 유미에게는 꽤 매력적인 남자였다. 그는 말이 없고 무뚝뚝한 편이다. 유미는 쓸데없이 말이 많은 남자를 별로 좋아하지 않는다. 말 대신 풍부한 감정을 가슴에 담아 두고 눈빛으로 이야기하며 꼭 필요한 말만 하는 남자를 좋아한다.

그래서일까? 이유진은 꼭 필요한 정보만 말하고 유미가 자립적으로 이국 생활에 정착할 수 있도록 철저하게 거리를 두었다. 그게 이상하게 섭섭했다. 정착 초기에 이유진에게 기대려 했던 마음 때문에 유미는 더 큰 배신감을 느끼며 더욱더 깊은 외로움에 빠졌다. 그래서 이유진의 충고를 무시하고 한동안 방황과 방탕의 시간을 보낸 적이 있었다. 그럴 때면 이유진은 안타까운 눈빛으로 유미를 바라보곤 했다. 유미를 안타깝게 바라보던 그 눈빛. 그 눈빛은 유미의 온 마음과 온몸을 저리게 했다. 당시엔 그게 무엇인지 정확하게 파악되지 않았다.

하지만 그건 철저하게 버림받고 이 세상에 홀로라는, 외롭고 위태로운 자의식을 가진 유미에게는 왠지 '혈육'처럼 이유진을 의지하고 싶은 무의식인지도 몰랐다. 아빠의 존재를 모르는 유미는 어릴 때부터 상상 속의 아빠를 꿈꾸곤 했다. 그 아빠는 유미가 힘들 때 자신의 존재를 숨기고 도움을 주는 '키다리 아저씨' 같은 존재였다. 소설에서 '키다리 아저씨'는 훗날 연인이 되지만, 유미는 사춘기 때 그 소설을 읽으며 그 '키다리 아저씨' 같은 아빠를 꿈꾸었다. 어느 날 갑자기 어떤 독지가의 대리인으로 이유진이라는 남자가 나타났을 때, 유미는 무언가 올 것이 왔구나, 라는 느낌이 들었던 것이다. 이유진은 죽을 때까지 독지가의 신분을 철저하게 함구했는데, 만약 이유진이 죽지 않았다면 그 부분을 반드시 알아내고 싶었다.

유미는 원래 왠지 '아빠' 같고 왠지 '오빠' 같은 혈육의 느낌을 주는 남자에게 본능적으로 끌렸다. '키다리 아저씨'와 연결된 이유진이 당시 유미에게는 신비로운 '키다리 오빠'처럼 여겨졌다. 아무도 없는 이국에서 아빠나 오빠처럼 그를 의지하고 싶은 마음이 자연스레 들었다. 그게 연애 감정과 뒤섞여 자신도 알지 못할 이상한 심리 상태가 되었다. 그건 유미도 이해 못 할 심리 상태였다. 유미 안에 있는 어리광 같기도 하고 유치한 퇴행 심리 같기도 했다.

하지만 이유진은 유미가 위태로운 상황이 되거나 문제가 생길 경우 말고는 먼저 연락하는 법이 거의 없었다. 어느 여름밤, 너무도 외롭던 유미는 술에 잔뜩 취해 이유진에게 전화를 걸었다.

"봉수와, 무슈(Bonsoir, Monsieur)! 세 유미(C'est Yumi)!"

유미가 혀 꼬부라진 소리로 말했다.

"유미 씨? 지금 어디?"

"나 지금 북역 근처인데…… 지하철도 끊기고, 버스도 안 오고, 택시는 없고, 술에 취하고, 잠은 쏟아지고……."

"도대체 지금 이 시간에 그 위험한 북역 근처엔 왜 있는 거야? 혼자야?"

유진이 발끈 화를 냈다. 평소엔 애써 존댓말을 쓰다가도 화를 내면 반말이 나오는 유진의 말투가 우스웠다. 영화를 보면 남녀가 서로 존칭을 쓰다가도 함께 잠을 자고 나면 자동적으로 반말을 하는 프랑스 사람들이 신기하던 터였다. 갑자기 반말이 나오는 유진과는 잠을 잔 적도 없다. 화가 나면 유진에게서는 그냥 반말이 튀어나온다. 그런데 프랑스 사람들은 극도로 화가 났을 때도 서로 존댓말을 쓰는 관계에서는 꼭 존댓말을 사용한다. 불어를 배우다 보니 반말이란 게 친밀감의 표현이란 생각이 들었다.

"으음…… 그러게 말이야."

쿡쿡 웃음이 나왔다. 불어와 한국어 반말의 대비가 갑자기 우스웠기 때문이다.

"웃음이 나오나?"

"그런데 왜 그렇게 화를 내요?"

"걱정이 되니까 그러지."

"치이, 언제부터 내 걱정을 했다고."

"북역 근처는 밤이면 위험 지역이라고 얘기했을 텐데, 왜 그렇게 그런 데를 싸돌아다녀요? 기다려요."

갑자기 유진이 걱정스러워하는 말투의 존댓말을 썼다.

"와 줄 거예요?"

유미가 쌩긋 웃었다.

"있는 곳을 말해요. 거리에 있지 말고 불 켜진 카페나 바에라도 들어가 있어요. 차 타고 근처에 가서 전화할게요."

으음…… 존댓말로 바뀐 걸 보니 걱정은 좀 되나 보군. 유미는 그의 아파트 창을 올려다보며 혀를 쏙 내밀었다. 거짓말한 게 탄로 나도 어쩔 수 없다. 잠시 후 그가 급하게 아파트 현관문을 열고 나와 차로 걸어가는 게 보였다. 유진의 자동차는 그의 아파트 앞 길가에 주차되어 있었다. 유미는 유진의 휴대폰으로 전화를 걸었다.

"나, 사실 술 한잔 마시고 요기 유진 씨 집 앞에 와 있어요. 유진 씨 없으면 어쩌나 걱정했어요."

유진이 고개를 들어 거리를 살폈다. 유미가 길 건너편에서 손을 흔들었다. 멀리서도 유진의 당황한 기색이 뻔히 보였다. 그는 잠시 기가 막힌 듯 서 있다가 길 건너편의 유미 쪽으로 걸어왔다.

유미는 무대 위의 발레리나처럼 양팔을 벌리고 왼쪽 다리를 뒤로 빼며 인사를 하다가 휘청거렸다. 유미의 손에는 꽃다발이 들려 있었다.

"나 술 취한 발레리나야."

술 취한 유미가 헤실헤실 웃는 꼴을 유진은 아무 말 없이 바라보다 한숨을 쉬었다.

"난 오늘 작업해야 해요. 돌아가요."

"이 시간에? 지하철도 끊겼는데 나 이렇게 취해서 집에 못 가요."

마지못해 유진이 말했다.

"나 참! 알았어요. 태워다 줄게요."

유진이 반기지 않는 모습을 보자 유미는 자존심이 상했다.

"치! 인상 쓰지 말아요. 그런 얼굴로 태워 주는 거 나도 싫어요. 좋아요. 내가 알아서 갈게요."

갑자기 심통이 난 유미는 돌아서서 무조건 유진과 반대 방향으로 걸었다. 거리에 인적도 없고 하늘이 짙푸른 여름밤이었다. 걸어

서라도 집으로 가야겠다는 오기가 생겼다. 눈을 크게 뜨고 앞으로
만 걸어가면 어디든 갈 것이다. 그런데 갑자기 발이 미끄러지면서
휘청, 몸이 흔들렸다.

다음 순간, 유미는 자신이 넘어졌다는 걸 깨달았다. 유미는 에
라, 모르겠다! 바닥에 드러누워 버렸다. 그리고 하늘을 바라보았다.
깊은 바다처럼 짙푸른 하늘이 보였다. 이상하게 편안했다. 노란 보
름달 하나가 구름 사이로 빠르게 몸을 감췄다. 유진이 뛰어왔다.

"괜찮아요? 안 다쳤어요?"

그런데 유미를 부축하려던 유진이 한 발 물러섰다.

"어휴! 이게 뭐야? 나 참!"

유진이 땅바닥을 보며 혀를 찼다. 유미의 눈에 땅바닥에 처박혀
있는 꽃다발이 눈에 들어왔다.

"어머! 내 꽃!"

유미는 흐트러진 꽃다발을 챙겼다. 유미는 겨우 일어서서 꽃을
코로 가져가 우아하게 향기를 맡았다. 유진이 투덜거렸다.

"정말 많이 취했군. 냄새 안 나요? 개똥에 미끄러져서 옷도 다리
도 똥투성이인데."

"개똥?"

그럼 아까 발밑에 물컹 밟힌 게 개똥이었나? 어휴, 쪽팔려. 그러
고 보니 유미의 하늘색 여름 원피스 치마 밑자락과 종아리에 묻은
개똥 냄새가 느껴지기 시작했다. 개 발에 편자지, 개똥 범벅이 된
채로 우아한 척 꽃다발을 들고 꽃향기를 맡으며 서 있는 자신의 모
습에 유미는 갑자기 웃음이 터져 나왔다. 유미는 허리를 구부려 가

며 깔깔대고 웃었다. 유진이 차에서 티슈를 꺼내 와 유미를 닦아 주
있나.

"안 되겠어요. 집으로 들어가서 일단 좀 씻어요. 내 차에 똥 묻히
긴 싫으니까."

"그냥 갈래요!"

"똥고집 부릴래?"

유진이 눈알을 부라렸다.

"똥고집?"

"그래, 똥고집. 정말 철없는 여동생도 이러진 않을 거야."

"흥, 뭐야? 자기가 뭐 오빠나 되는 거처럼."

그렇게 비아냥거리며 뱉은 말이 갑자기 가슴을 툭 쳤다. 유진의
기세가 수그러들었다.

"그래요. 오빠네 집에서 씻고 간다 생각하고 들어가요."

오빠…… 유미는 할 수 없이 유진의 말에 못 이기는 척 따라 들
어갔다. 유진의 아파트는 처음이었다. 침대가 놓인 거실에 암실로
꾸며 놓은 작업 방이 따로 있었다.

"어휴! 일단 냄새 나니까 욕실에 가서 먼저 씻고 이걸로 갈아입
어요."

유진은 자신의 티셔츠와 반바지를 꺼내 유미에게 건네고 유미를
욕실로 밀어 넣었다. 아직도 취기에 젖은 몸이 얼얼한 가운데 유미
는 일단 샤워기 밑에서 몸을 씻었다. 공연히 화가 나기도 하고 웃기
도 했다. 유진의 집에서 이런 이유로 옷을 벗고 샤워를 하게 되다
니. 샤워를 하고 타월로 몸을 닦고 나와 유미는 유진이 주고 간 남

자용 티셔츠와 반바지를 입었다. 티셔츠는 헐렁하고 반바지는 커서 골반에서 흘러내릴 듯했다.

욕실에서 나오자 유진의 모습은 보이지 않았다. 암실에 들어가 있나? 침대 위에 종이가 한 장 보였다. 종이 위에는 유진의 메모가 적혀 있었다.

너무 취한 거 같으니 침대에서 자도록 해요. 난 암실에서 밤새 작업해야 하니 신경 쓰지 말고.

쪽지를 읽다가 취기와 졸음 때문에 눈이 감겨 왔다. 유미는 유진의 침대 안으로 몸을 집어넣었다. 눅눅한 이불에서 남자의 체취가 훅 풍겨 나왔다. 정갈하고 뽀송한 호텔 방의 시트가 아닌, 남자의 방에서 맡는 이런 생활의 냄새가 한편으로 유미의 마음을 편안하게 누그러뜨렸다. 유미는 침대 머리맡에 놓인 꽃다발을 쓸쓸한 마음으로 바라보다 어느새 잠이 들었다.

자다가 갈증이 너무 심하게 느껴져 눈을 떴다. 날이 밝아 오는 시각이었다. 침대에는 유진이 옷을 입은 채로 유미 옆에서 정신없이 자고 있었다. 카펫이 깔려 있긴 하지만 신발을 신고 사는 이곳의 아파트 바닥에 누워 그냥 잠을 잘 수는 없었을 것이다. 등을 돌린 채 몸을 접고 누운 키 큰 남자의 뒷모습을 바라보다 유미는 자신의 이불을 덮어 주며 일어났다. 냉장고로 가서 물을 꺼내 마시다가 유미는 탁자 위에서 유진이 현상해 놓은 흑백사진들을 발견했다. 한 여자를 모델로 한 누드 사진들이었다. 여자의 얼굴은 어둠 속에 잠겨 교묘하게 드러나지 않았지만, 꽤 에로틱한 포즈로 찍혀 있었다. 동양 여자인지 서양 여자인지 잘 알 수 없었다. 키가 크고 날씬하며 풍만한 곡선미를 자랑하는 몸이라는 건 알 수 있었다. 유미는 그 사진을 들여다보다 조용히 내려놓았다. 한지에 먹물이 스며들듯 쓸쓸한 질투가 마음으로 번졌다. 어쩌면 이 모델이 유진의 애인인 걸까? 유명한 세기의 화가들은 늘 자신의 모델과 염문을 뿌린다. 유진이 유미에게 관심 없었던 건, 그게 이유였던 걸까? 그래서 한 침대에 누우면서도 옷깃조차 스치지 않겠다는 듯이 등을 돌리고 잠을 자는 걸까?

유미는 순간 처음으로 여자로서의 수치심과 자괴감을 느꼈다. 그것도 모르고 아끼는 하늘색 원피스를 차려입은 채 꽃다발을 들고 이벤트를 꿈꾸었다니. 유미는 탁자 위에 널브러진 꽃다발을 바라보다 그것을 손에 들었다. 좀 흐트러졌지만 다행히 개똥이 묻지는 않았다. 유미는 꽃다발을 코에 대고 냄새를 맡았다. 그때 알람 소리가 요란하게 울렸다. 유진이 눈을 번쩍 떴다.

"어, 일어났어요?"

잠이 덜 깬 얼굴로 유진이 물었다. 유미가 고개를 끄덕였다.

"난 좀 일찍 학교로 나가 봐야 하는데. 유미 씨는 좀 더 자요. 옷이 아직 안 말라서 나가지도 못할 텐데……."

"아 참, 내 원피스!"

어제 몸만 겨우 씻고 욕실에서 나와 잠에 곯아떨어져 원피스를 빨아 널어야겠다는 생각을 못 했다.

"내가 손빨래해서 베란다에 널어 놨어요."

유진이 탁자 앞에 서 있는 유미와 흩어진 사진들을 보더니 몸을 일으켰다. 머쓱한 얼굴로 탁자로 가서 사진들을 얼른 정리했다.

"애인인가 봐요?"

유진은 그 물음에는 대답을 않고 엉뚱한 말을 했다.

"어, 너무 피곤해서 꽃은 못 꽂았어요. 꽃병도 없어서…… 물 주전자에라도 꽂을까? 그냥 와도 되는데 꽃은 왜 사 왔어요?"

유미는 대답은 않고 사이를 두고 물었다.

"제가 여자로, 꽃으로 안 보이시죠?"

"……."

"하긴 그게 유진 씨의 매력인지도 모르죠."

"그 꽃 이리 줘요."

유진이 손을 내밀었다.

"이거 유진 씨 주려고 갖고 온 거 아니에요."

"그래요?"

"이미 지났지만, 나를 위한 꽃다발이었어요."

"……?"

"으음…… 어제가 내 생일이었거든요."

유미가 머뭇거리며 말했다. 유진이 유미를 잠시 바라보았다.

"생일날 누군가에게 축하를 받고 싶었어요."

유미는 내친김에 속마음을 말했다.

"그런데 그 누군가를 떠올렸지만 이상하게 마음 내키는 사람이 없었어요. 혼자 영화를 보고 레스토랑에 가서 저녁을 먹고 샴페인으로 자축하며 술을 마셨어요. 기분이 좋아졌어요. 밤의 파리 시내를 싸돌아다니는데 집시 여인이 거리에서 꽃을 팔고 있었어요. 난 꽃을 사고 싶었어요. 보름달이 푸른 하늘로 얼굴을 내민 내 생일날 저녁이 저물어 가고 있었어요. 얼마 전에 죽은 엄마가 그랬죠. 보름날 밤에 너를 낳았는데, 달을 보며 많이 울었다고…… 난 갑자기 누군가에게 생일날 밤이 가기 전에 이 꽃다발로 축하를 받고 싶었어요. 그때 왜 유진 씨 얼굴이 떠올랐는지 몰라요. 바보같이……."

유미는 꽃다발을 놓고 창가로 갔다. 하늘이 환해지며 새날이 밝아 왔다.

"뭐 보름날에 태어난 여자아이는 박복하고 팔자도 세대요. 괜찮아요. 이미 다 지난 일이거든요. 나도 참 유치하지."

유미가 창밖을 바라보며 혼잣말을 하는데 유진이 다가왔다.

"옆구리 찔린 거 같지만, 뒤늦게라도 생일 축하해요. 유미 씨는 이 세상에 태어나 축복받을 자격이 있어요. 축하해요."

유진이 유미에게 꽃다발을 안겼다. 유미가 꽃다발을 품에 안았다.

"나 좀 유치하죠?"

유진이 고개를 저으며 웃었다.

"챙겨 주지 못해 미안해요."

"나 안아 줘요."

"……?"

유진의 눈이 둥그레졌다.

"그냥 여동생처럼…… 그래도 행복할 거 같아요. 아니, 그게 더 좋아요. 오빠처럼, 아빠처럼 그냥 안아 주면 돼요."

유진이 꽃을 든 유미를 품 안에 안고 유미의 등을 토닥여 주었다. 둘 사이에 긴 장미꽃 가시가 따끔거렸다.

"나, 학교 갔다 올 때까지 기다려요. 늦었지만 오늘 축하하지 뭐. 가면 안 돼요. 어차피 그동안 옷도 다 안 마를 테니."

유진이 유미의 두 팔을 잡고 당부했다. 유미는 그러는 유진이 고마웠다. 저도 모르게 고개를 끄덕였다. 유진은 커피와 빵으로 아침을 먹으라고 준비를 해 주더니 급하게 짐을 챙겨 아파트를 나갔다.

베란다 창으로 유진이 거리로 나가는 모습을 바라보다가 옷걸이에 걸린 푸른 원피스를 보았다. 유미의 원피스가 여름 아침 바람에 춤을 추고 있었다. 아직 마르진 않았다. 유미가 잠든 사이에 개똥이 묻은 원피스를 손으로 빨아 주는 유진의 모습이 떠올랐다. 무뚝뚝하지만 다정다감한 사람. 그래, 오빠면 뭐 어때? 저런 오빠라도 혈육이, 가족이 있다면 얼마나 좋을까? 유미는 유진의 커다란 티셔츠와 반바지를 입은 자신의 모습을 거울에 비춰 보며 이런 남녀 관계도 나쁘지 않다는 생각이 들었다. 그래도 아까 유진의 사진 작품에 찍힌 누드모델에겐 왠지 질투가 났다. 정말 유진의 애인일까? 그는 왜 묻는 질문에 대답을 못 하는 걸까?

그날 유진이 집에 돌아왔을 때 유진의 손에는 케이크가 들려 있었다.

"케이크는 이따 먹기로 하고 선물이 있어요."

"선물요?"

유진의 얼굴은 상기되어 있었다.

"이걸 생일 선물로 할 수 있어서 좋다!"

유진이 봉투를 꺼냈다.

"축의금? 키다리 아저씨한테서 뭐 돈이라도 왔어요?"

그 말에 유진은 정색을 했다.

"키다리 아저씨는 처음 이후로 돈 안 보냈어요. 내가 중간에 떼어먹는 거 아니에요. 오해 없길!"

"아이, 농담이에요, 키다리 오빠. 그럼 뭐지?"

유미가 유진을 '키다리 오빠'라 부르며 심각해진 분위기를 눙쳤다.

"여기 프랑스어 글씨 안 보여요? 대학에서 온 편지잖아요."

"편지?"

"입학 통지서예요."

"네?"

"가을에 대학원 석사과정에 입학하라는 어드미션이라고요."

"제가요……?"

"내가 유미 씨 대신 입학 허가를 위해 몇 군데 대학에 편지를 넣어 봤어요. 유미 씨, 여기 왜 왔어요? 지긋지긋한 구렁텅이에서 벗어나 새로 시작하자고 온 거잖아요? 인생을 업그레이드해요. 돈 안 들이고 그럴 수 있는 건 학벌밖에 없어요. 여긴 학비가 공짜나 마찬가지예요. 그리고 키다리 아저씨가 유미 씨를 계속 돕는다는 약속을 한 건 아니잖아요. 여기서 살아남으려면 이제 방황하면 안 돼요. 불어 공부도 더 열심히 하고요. 오유미는 이제 그 옛날의 오유미가 아니에요."

유진이 하도 진지하게 말하는 바람에 순간, 유미는 눈물이 찔끔나게 고마웠다.

"그림을 전공했으니까 예술 경영 같은 이론 공부를 해 보도록 해요. 정 힘들면 다시 그림을 그리더라도…… 서울 강남의 나나는 이 제 인생에서 지워 버리도록 해요. 자, 이제 우리 밥 먹으며 축하하러 나갑시다. 옷 갈아입어요."

유진이 일어나서 나가려 할 때 유미는 저도 모르게 유진의 등을 안았다. 그리고 그의 등에 얼굴을 대고 말했다.

"고마워요…… 이 고마움, 지금은 못 갚지만 죽을 때까지 잊지 않을 거예요."

유진의 심장박동 소리가 빠른 리듬의 북소리처럼 귓속을 파고들었다.

그날 식당에서 밥을 먹고 함께 방으로 돌아와 유진이 케이크에 초를 꽂으려 할 때 유미는 초를 한 개만 꽂게 했다. 그가 부르는 생일 축하곡을 들으며 유미는 가슴이 먹먹했다. 그래, 오유미. 멋지게 새로 태어나는 거다. 스물일곱 살의 생일 다음 날인 바로 오늘이 '나나'가 아닌 새로운 오유미의 기원 원년이다. 나 멋지게 새로 태어날 거다. 유미는 조용히 어금니를 물었다. 유진이 잔에 와인을 따라 주며 축하를 했다. 유미는 그동안 섭섭했던 그에게 고마운 마음과 더불어 따스함까지 느꼈다.

"저기요. 이제부터 우리 '튀투와예(tutoyer)'로 반말하면 안 돼요? 유진 씨, 아니, 이제부터 난 이유진 씨를 오빠라 부르고 싶어요. 정말 이름도 유진, 유미 꼭 남매 같지 않아요?"

"그러지 뭐. 그런데 오빠? 여기 프랑스에선 오누이라도 서로 이름을 부르니까, 유진, 유미 이렇게 하는 것도 좋지 않아?"

"아니, 난 오빠라 부르고 싶어요. 나보다 세 살이나 나이가 많잖아요? 그러니 오빠처럼 내게 반말하세요. 그게 좋아. 너무 억지로 세칠 마르게 구는 거, 난 그런 거 별론데……."

"원한다면……."

유진이 마지못해 고개를 끄덕였다. 유미는 유진에게 반말로 이야기하자 왠지 갑자기 친밀감이 더 두터워지는 것 같았다. 게다가 유진에 대해 전폭적인 신뢰감마저 들었다. 그런 감정이 유미의 마음을 움직이기 시작했다. 유진이 고맙고, 문득 사랑하고 싶어졌다. 고마움을 표현하는 데 자신의 전 재산인 몸이라도 바치고 싶다는 무모하고 갸륵한 생각이 갑자기 들었다. 적당히 술에 취하자 유미는 일어나서 원피스 단추를 풀었다. 푸른 원피스는 뱀의 허물처럼 스르륵 벗겨졌다. 유미는 숨도 쉬지 않고 브래지어와 팬티마저 벗었다. 유진의 얼굴이 벌게졌다.

"난 한 번도 나 스스로 옷을 벗고 싶다는 생각을 해 본 적이 없어요. 게다가 공짜로는. 옷이란, 짐승 같은 남자의 손길에 의해서만 벗겨지는 건 줄 알았어요. 그런데 이런 내 마음이 나도 이해가 가지 않아요. 나 오빠한테 내가 가진 소중한 걸 다 주고 싶은 마음인데……."

"……."

유진은 얼굴과 입이 굳은 채 눈만 껌벅였다. 유미가 말했다.

"원한다면…… 나를 가져요."

유미 또한 굳은 채로 울 듯한 표정으로 서 있었다. 유미의 팽팽한 젖가슴이 거친 호흡으로 오르락내리락했다.

그러나 유진은 꼼짝하지 않았다. 대신에 유진은 와인 한 잔을 벌컥 들이마셨다.

"만약 원하지 않는다면……."

유미가 떨리는 목소리로 말했다.

"대신에 나를 모델로 써도 좋아요. 오빠한테는 돈 받지 않겠어
요. 내 몸을 피사체로 쓰세요. 하지만 나를 사랑하지 않은 죄, 죽어
서도 후회하게 할 거예요."

유진은 또 한 잔의 와인을 따라 벌컥벌컥 마시더니 천천히 말했다.

"나, 아마도 후회하게 될 거 같다. 아니면 죽거나."

"알겠어요."

유미는 빠른 속도로 옷을 주워 입고 곧바로 현관으로 향했다.

"안녕, 키다리 오빠."

그날 유진의 집을 나온 유미는 비참함에 몸을 떨었다. 상처받은
마음은 소리쳤다. 좋아, 죽거나 후회하게 만들 거야. 그러나 그건
억지였고 시간이 지나자 자신이 정말 유진을 좋아한다는 걸 새삼
깨닫게 되었다. 자신도 이해할 수 없는 감정이었다. 키만 뻘쭘하게
클 뿐 특별히 잘생기지도 않은 남자에게 왜 그토록이나 매력을 느
끼는 걸까? 흥, 이유진. 오죽하면 웃음이 인색해서 한 번 웃기만 해
도 온 세상이 환해지는 것 같은 그 눈웃음 정도가 매력일까. 고자
야, 호모야? 이 오유미, 옷을 벗지 않아도 주변 10미터 이내 남자들
의 침 넘기는 소리마저 다 들리는데, 옷을 벗어도 꼼짝 않다니. 내
가 옷을 벗으면, 루브르 박물관 그리스 로마관의 도열한 남자 누드
조각상들의 물건이 모두 "받들어총!"을 하진 않더라도, 이건 너무
하잖아.

유진을 향해 자신의 마음을 유치하게 표현한 것에 대한 후회와 상처로 유미는 새로운 경험에 자신의 호기심을 한껏 할애했다. 발레리를 통해서 유미는 새로운 세계에 눈을 떠 갔다. 발레리는 유미가 프랑스에 오자마자 만난 어학 학원의 불어 선생이다. 유미에게 처음부터 호감을 보이더니 사제지간이 아닌 친구로 지내자고 했다. 유미보다 두어 살 많은 소설가 지망생이었다. 불어가 늘지 않아 고민하던 유미로서는 쾌재를 부를 일이었다. 발레리는 불어 선생 노릇은 취미인 것 같고, 자신의 생을 소설을 쓰기 위한 탐색 과정으로 여기는 여자였다. 발레리는 부잣집 딸인지 파리 시내의 방 세 개짜리 큰 아파트에서 혼자 살았다. 그녀는 아주 자유분방하며 상상력이 풍부해서 자신의 아파트에서 가끔 환각 파티를 열거나 색다른 이벤트를 꾸미곤 했다. 덕분에 유미는 몇 차례 대마초 맛을 볼 수 있었다. 또 가면무도회나 '묻지 마 섹스' 같은 걸 경험하기도 했다. 한국에서 하는 단체 미팅 같은 건데, 입을 꼭 다물고 대화 없이 임의로 정해진 파트너와 섹스만 하는 거였다. 대화도, 애프터도 금지된 낯선 이와 단 한 번의 섹스는 짜릿하고 아찔했다.

"유미, 인생 뭐 별거 있어? 인생은 모험이야."

발레리가 늘 입에 달고 사는 말이다. 그녀는 유미가 무슨 말을 할 때마다 "세 라 비(C'est la vie)" 하고 추임새를 넣곤 했다. 작가 지망생 불어 선생에게 많은 것을 기대했지만, 유미가 귀에 딱지가 앉도록 들은 말은 '그게 바로 인생이야.'라는 뜻의 '세 라 비.'가 전부였다. '인상파' 화가는 있지만, 가히 '인생파' 작가라 명명할 만했다. 유미는 불어 선생인 그녀에게서 말보다는 더 중요한 보디랭귀지를 배울 수 있었다.

인간의 언어는 진실을 곡해하고 은폐할 때 쓰인다. 오히려 몸이 표현하는 원초적 소통이 훨씬 건강하고 자연스럽다는 걸 발레리는 알게 해 주었다. 여름이 거의 끝나 갈 무렵 그녀가 유미에게 '나튀리스트(naturiste) 캠프'에 함께 참여해 보지 않겠느냐고 제안해 왔다. 지중해 연안에 있는 남불의 어느 마을에서 하는 거라고 했다. '나튀리스트'라? '자연주의자'란 뜻인가? 하긴 루소가 그랬지. 자연으로 돌아가라고. 바닷가가 고향인 유미는 지중해로 간다는 발레리의 말에 찬성을 했다. 하지만 발레리의 설명을 차근차근 들으니 '나튀리스트'는 '누디스트', 즉 나체주의자들을 일컫는 단어라는 걸 깨달았다. 그러고 보니 유럽 해변에는 나체촌이 더러 있다고 들은 적 있었다. 발레리는 말했다.

"예전부터 벼르던 일이야. 미셸 우엘벡의 소설에 나오는 걸 보고 꼭 가 보고 싶었어. 이젠 뭐 그리 새로울 것도 없지만, 어쨌든 내게는 흥미로운 모험이거든. 유미, 여러 가지 프로그램이 있어. 방갈로나 빌라를 빌릴 수도 있고 텐트를 가져갈 수도 있어. 자유 해변에, 자쿠지에 수영장도 있고 스포츠 시설과 나이트클럽, 카페와 레스토랑 같은 위락 시설도 잘돼 있어. 가족들도 오긴 하지만 아무래도 젊은 사람들은 좀 이색적인 만남을 기대할 수 있지 않겠어? 무엇보다 실오라기 한 올도 나를 구속하지 않는, 태어날 때 그대로의 모습으로 대자연에 스며들어 지내는 게 멋지지 않니?"

"그러니까…… 낯선 사람들과 발가벗고 지낸다고?"

"응, 거기선 남녀노소 누구나 평화롭고 자유롭게 지낸대. 물론 옷을 입는 걸 뭐라 그러진 않지만, 장님 나라에선 눈 뜬 사람이 이상하듯 알몸으로 지내는 게 더 자연스럽고 자유롭대. 경비는 내가 댈 테니까 함께 가자, 유미. 우리 색다른 바캉스를 즐겨 보자."

경비까지 대겠다는 발레리의 청을 쉽게 거절할 수는 없었다. 무엇보다 색다른 경험에 대한 누를 수 없는 호기심이 발동했다.

"좋아."

"그럼, 등록한다. 괜찮지? 일주일 정도?"

"그래."

유미는 발레리의 제안을 승낙했다. 그런데 다음 날 유진에게서 전화가 왔다.

"웬일이에요? 생전 전화 안 하는 사람이?"

유미는 오랜만에 걸려 온 유진의 전화가 반가웠지만 내색하진 않았다.

"잘 지내지? 더운데 어디 휴가도 못 가고 고생이 많겠네."

"뭐 그럭저럭……."

"미안한데 부탁이 하나 있어서. 얼마 전에 친구가 한국에 다니러 가며 남기고 간 강아지 한 마리를 돌보기 시작했어. 그런데 내가 촬영차 여행 가느라 집을 좀 비우게 생겼어. 한 열흘 정도 강아지를 좀 맡아 주면 좋을 거 같아서 말이지."

"어쩌지? 나도 바캉스 떠나는데."

"그래? 어디? 혼자?"

"발레리하고."

"아, 그 발레리……."

언젠가 유진이 발레리하고 놀지 말라는 투로 이야기를 한 적이 있었다.

"어디 가는데?"

"음, 나체주의자들의 캠프가 지중해 어디에 있대."

"뭐, 나체주의자? 미쳤어?"

"안 미쳤어요. 나 자연으로 돌아갈래."

"진짜 돌겠네. 그런 데를 왜 가겠다는 거야? 전에 텔레비전 보니까 나오던데 남녀가 모두 알몸으로 테니스도 치고 승마도 하고 춤도 추는데, 모두 몸에 달린 것들이 방울처럼 흔들리고…… 못 봐 주겠더군."

"방울처럼……? 하하하! 오빠도 그런 식으로 말할 줄 아네."

유진의 묘사대로 그 우스운 모습이 눈에 보이듯 그려졌다.

"난 너무 재미있을 거 같아."

유진이 짜증을 냈다.

"안 돼."

"왜요?"

"무조건."

"오빠, 오빠는 예술가 아냐? 왜 그렇게 고리타분해? 문명의 억압에서 벗어나 자연 속에서 생긴 그대로 자유롭게 지내는 게 어디가 어때서?"

"그게 짐승이지, 사람이야?"

"그렇게 짐승처럼 지내다 보면 인간을 새로운 눈으로 보게 될 거 같아."

"인간? 그나마 인간이 짐승과 다른 것은 옷을 입는다는 거데, 부끄러움을 안다는 건데. 아무것도 걸치지 않은 인간은 추악한 욕망 덩어리일 뿐이야."

"욕망을 자연스럽게 표출하는 게 뭐 어때서요? 그게 더 순수한 거 아니에요? 오빠처럼 위선적인 것보다는?"

"그렇게 순수해서 너는 아무 데서나 그렇게 훌렁훌렁 벗니? 인간 근본이 바뀐다는 게 쉬운 게 아닌 건 알지만……."

갑자기 머리에서 열이 솟구쳤다.

"이제야 본심이 나오네. 그 말이 하고 싶어서 얼마나 근질근질했을까. 그래요. 나 창녀 같은 여자야. 나더러 새 인생을 살라며 부추긴 건 누군데요? 이제 보니 그런 거 정말 다 위선이었어. 내가 창녀 같은 여자라 가까이하기 싫었던 거지? 이제부터 나한테 알은체하지 마. 나는 나대로 살아갈 테니까. 내 인생이야. 세 라 비! 아니지, 세 마 비(C'est ma vie)!"

유미는 전화를 끊어 버렸다. 유진이 두 번인가 더 전화를 했지만 전화는 자동 응답기로 돌아갔고, 유진은 아무 말도 않다가 전화를 끊고 말았다. 좀 전에 유진이 한 말이 유미의 가슴을 난도질했다. 인간 근본이 바뀐다는 게 쉬운 게 아닌 건 알지만……. 그래, 난 근본이 없는 인간이야. 아버지가 누군지도 모르는 인간이야. 근본을 모르는 인간에게는 그 말이 얼마나 독이 되는지 너는 아니? 유미는 위악적인 심정이 되어 한껏 자신의 처지를 조롱했다.

그런 위악적인 감정은 퇴폐적인 감정과 사촌지간이다. 그래, 나체 캠프에 가서 인간의 근본이 짐승 같다는 걸 철저히 깨우칠 거야. 끝까지, 인간 욕망의 밑바닥까지 가 볼 거야. 이유진에게 상처 입은 유미는 타락의 끝까지 가 보자는 오기가 생겼다.

며칠 후 유미는 발레리를 따라서 지중해 연안의 나체주의자들의 캠핑장으로 바캉스를 떠났다. 아마도 프랑스에는 그런 곳이 여러 군데 있나 본데, 발레리는 그중에서도 가장 자연스러운 방식으로 참여하는 게 좋겠다고 했다. 그래서 두 사람은 대형 마트에 가 2인용 텐트를 사서 발레리의 자동차에 싣고 파리를 떠났다.

"아그드 곳 같은 데가 유명하고 시설도 잘돼 있고 하지만, 너무 현대적인 시설이라 좀 그렇잖아. 자연으로 돌아가려면 흙하고 가까워야 해. 캠핑 트레일러나 방갈로를 빌릴 수도 있지만, 우린 텐트 치고 그냥 자연을 느끼자고."

발레리가 운전을 하면서 흥분해서 말했다.

"꼭 벗어야 돼? 나 좀 무서워."

유미가 조심스레 말했다.

"옷 입은 사람을 쫓아내진 않을 거야. 그건 너의 자유야. 나체주의자들은 무척 예절 바르다고 소문나 있어. 절대 성추행범이 아니야."

나체주의 캠핑장에 도착해서 등록을 하고 발레리와 유미는 숲속 텐트촌으로 들어가 텐트를 치기로 했다. 캠핑장은 예상 외로 아주 넓은 숲 속 부지에 본부 건물과 수영장, 부대시설과 방갈로, 캠핑 트레일러, 텐트장 등이 배치되어 있었다. 유미가 그곳에 도착해서 처음 만난 사람들은 숲 속 오솔길에서 자전거를 타는 부부였다. 그들은 당연하게도 모두 나체였다! 그 커플은 다행히 자전거에 앉아 있어서 중요한 부분이 잘 보이지 않았다. 유미는 다소 민망하긴 했으나 충격을 받을 정도는 아니었다. 남자는 자신의 자전거 앞 바구니에 꼿믹이 어린애를 싣고 있었다. 여자는 혼자 자전거를 타고 뒤따르고 있었다. 자전거가 울퉁불퉁한 길을 달릴 때면 여자의 커다란 젖가슴이 무슨 자루처럼 흔들렸다. 몸은 발가벗었지만 여자는 햇빛에 얼굴이 상할까 봐 챙이 넓은 모자를 쓰고 있었는데, 그 모습이 이상하게 몹시 부자연스러워 보였다. 그들이 요철이 심한 숲길을 달리며 지나가자 유미는 저절로 얼굴이 찌푸려졌다. 내가 별세계에 도착하긴 했구나.

발레리와 유미는 텐트 칠 자리를 고르기 시작했다. 한낮의 더위를 피해 모두 안에 들어가 있는지 텐트 밖으로는 몇 사람 보이지 않았다. 텐트 밖에 햇빛 가리개를 치고 야외용 의자에 앉아 독서를 하는 나이 든 여자들이 보였다. 늘어진 뱃살과 쭈글쭈글한 젖가슴이 안쓰러워 보였다. 그늘에서 카드놀이를 하는 노부부와 어린아이들 우는 소리가 나는 텐트를 피해 발레리는 호화 텐트들과 캠핑 트레일러 사이에 자리를 잡았다. 호화 텐트 앞에는 명품 '돌체앤가바나'와 '캘빈클라인' 남자 팬티가 빨랫줄에 걸려 있었다. 캠핑 트레일러 안에서는 최신 샹송이 흘러나오고 있었다. 그것만 봐도 거기가 젊은 남자들이 터 잡고 있는 물 좋은 곳이란 짐작이 들었다.

텐트를 설치하려니 여자들 힘으로는 힘들 것 같아 보였다. 그때 옆 텐트에서 젊은 남자들이 나왔다. 두 사람은 실오라기 하나 걸치지 않은 알몸이었다. 두 남자가 자신들의 물건을 덜렁대면서 걸어왔다.

"아가씨들, 도와줄까요?"

선의를 품고 다가오는 건장한 알몸의 남자들, 게다가 지난번 유진의 표현처럼 '방울을 달랑대는' 그들의 하체에 자꾸 신경이 쓰여 유미는 순간, 긴장되고 두려웠다. 남자들은 웃고 있었지만, 유미는 그들에게 미소를 지어 주지 못하고 눈도 마주치지 못했다.

"그래요. 좀 도와주세요."

발레리가 싹싹하게 말하자 두 남자는 능숙하게 텐트를 조립하고 설치했다. 두 남자는 유미를 힐끔거리더니 물었다.

"반가워요. 어디서 왔어요?"

"서울에서요."

"여기는 동양 여자가 거의 없는데 신기하네요. 우린 동양의 신비주의에 관심이 많아요."

"특히 탄트라 불교에."

또 한 남자가 거들었다.

유미는 고개를 흔들었다.

"전 그런 거 몰라요."

발레리가 끼어들었다.

"앤 불어 잘 못해요. 꽤 알아듣긴 하지만……."

"오, 상관없어요. 보디랭귀지가 있잖아요. 몸은 숨기지 않고 말하니까요."

"우리 좀 있다 수영할 건데 같이 안 하실래요? 시원한 상그리아나 마시면서."

남자들의 제안을 발레리가 흔쾌히 받아들였다.

"우선 샤워 좀 하고요. 텐트 때문에 너무 땀을 흘렸더니……."

발레리가 서슴없이 원피스를 벗었다.

남자들은 아무렇지 않게 그 모습을 보더니 그럼 먼저 수영장에 가 있겠다고 말하며 자리를 떴다.

"넌 안 벗니? 더운데 샤워하러 가자."

"좀 부끄럽다. 동양 여자는 나밖에 없는 거 같은데…… 다들 나만 쳐다보면 어쩌지?"

발레리가 웃었다.

"옷을 꽁꽁 입고 있으면 너만 쳐다볼걸? 그런 선입견이나 생각을 옷과 함께 날려 버리려고 온 거 아니니?"

유미는 그 말에 고개를 끄덕였다. 에라, 모르겠다. 장님 나라에서는 눈 뜬 인간이 비정상이다. 유미도 셔츠를 벗고 청바지를 벗었다. 알몸인 발레리가 샴푸를 챙겨 먼저 샤워장으로 가려고 했다. 그러나 유미는 브래지어와 팬티를 벗고 샤워장까지 캠핑장을 횡단하는 게 꺼려졌다. 망설이다 브래지어만 벗고 팬티는 입은 채로 앞서 가는 발레리를 뒤쫓아 샤워장으로 향했다. 샤워장 근처에서 수영장과 테니스 코트가 보였다. 수영장에서 벗고 있는 사람은 그렇다 치더라도 테니스 코트에서 라켓만 들고 알몸으로 뛰어다니는 사람은 좀 낯설었다. 가는 길 군데군데 설치된 쓰레기통에서 쓰다 버린 콘돔들이 눈에 띄었다.

샤워장은 놀랍게도 남녀 공용이었다. 바로 옆 샤워기에서 남자가 거품을 잔뜩 내 온몸을 문지르다가 자신의 물건을 꼼꼼하게 씻고 있었다. 여자들도 아무렇지 않게 거품을 내 젖가슴을 문지르고 있었다. 모두 각자의 몸을 씻느라 정신없는 것 같으면서도 미묘하게 서로를 탐색하는 기운이 느껴졌다. 유미와 발레리가 들어서자 사람들의 시선이 잠깐 두 사람에게 꽂혔다. 쭈뼛거리던 유미는 눈을 질끈 감고 팬티마저 벗고 샤워기 아래 섰다. 사람들이 무심한 척 자신을 보는 걸 느낀 유미는 모른 척 열심히 몸을 씻었다. 샤워장 안에 있는 대여섯 명의 사람들 중에 특별히 몸매가 멋진 사람은 없었다. 그때 30대 이상이거나 중년인 남녀들 사이로 젊고 건장한 흑인 혼혈 남자 두 사람이 들어왔다. 두 남자가 들어오자 나머지 사람들은 엑스트라로 보일 지경이었다.

발레리가 팔꿈치로 유미의 옆구리를 툭 쳤다.

"쟤네들 정말 잘생겼네. 난 찜했다."

발레리가 그들에게 가더니 비누를 좀 빌려 주면 안 되겠느냐고 애교를 떨며 물었다. 그들은 흔쾌히 좋다고 했다. 그들은 발레리와 일행인 유미를 자꾸 유심히 보았다. 그러더니 두 남자가 다가왔다. 역시 흑인들의 물건에 대한 소문은 맞는 것 같았다. 백인들 것이 '가래떡 토막'이라면, 좀 과장하면 흑인들 것은 흑단으로 만든 '곤봉'처럼 보였다. 유미는 그 모습에 압도되어 경직된 모습으로 어색하게 몸을 사리고 있었다.

"안녕, 난 시몽이에요."

"안녕, 난 에르베입니다."

두 남자가 웃으며 인사를 해 왔다.

"안녕? 난 발레리라고 해요."

"안녕하세요? 난 유미……."

샤워 후에 발레리와 유미는 그렇게 통성명을 하게 된 남자들의 방갈로에 초대되었다. 방갈로 안에는 작은 부엌을 사이에 두고 작은 침실이 두 개 있었다. 둘 중에서 키가 좀 더 큰 남자가 에르베였다. 직장 동료라고 했는데, 에르베가 나이도 더 많은 듯했다. 에르베가 차가운 맥주를 냉장고에서 꺼내 건네주었다.

"방금 도착했다니 환영합니다. 우린 여기 벌써 일주일 됐어요."

시몽이 물었다.

"어떤 프로그램에 참여하실지 정했어요? 이왕이면 우리와 함께 하는 것도 좋을 텐데……."

그러며 프로그램 브로슈어를 꺼내 설명을 하기 시작했다. 세 사람이 나체주의의 취지에 대해 토론하는지, 유미는 잘 알아들을 수 없었다. 그저 자신이 옷이 벗겨진 마네킹처럼 느껴졌다. 잘 알아들을 수는 없었지만, 힐링 센터니 차크라니 동양의 신비주의니, 히피, 성적 해방, 선(禪), 프리 섹스, 마사지, 그런 단어들이 드문드문 들려왔다. 두 남자는 저녁 식사 후에 클럽에 가서 한잔하지 않겠느냐고 제안했다. 발레리는 흔쾌히 수락했다. 유미는 어깨를 으쓱하며 대답 대신에 엉뚱한 질문을 했다.

"해변은 여기서 먼가요?"

몇 모금 마신 맥주가 가슴을 더 답답하게 했다.

"걸어서 한 10분쯤 가야 하는데요. 거긴 내일 가세요."

에르베가 친절하게 설명했다.

"우리가 내일 판타스틱한 곳으로 가이드를 할 테니……."

발레리는 에르베가 마음에 드는 눈치였다. 유미는 일어났다.

"발레리, 나 좀 피곤해서 먼저 텐트에 가 있을게."

유미가 방갈로를 나오자 시몽도 눈치껏 따라 나왔다.

"같이 산책이라도 할까요?"

시몽이 예절 바르게 물었다. 그러나 유미는 그를 따돌렸다.

"피곤해서 좀 쉴래요."

시몽은 군더더기 없이 작별 인사를 하고 MP3 이어폰을 꽂더니 어딘가로 발걸음을 옮겼다. 아까와 달리 초저녁의 서늘한 바람이 불기 시작하자 캠핑장 안에는 사람이 많아졌다. 프랑스인들만 있는 게 아니라 북유럽인들과 독일인들도 있는지 그들의 언어들이 떠다녔다. 사람들이 호기심 가득한 눈으로 유미를 보았다.

이상했다. 모든 인간은 태어날 때 발가벗고 태어난다. 그런 의미에서 인간은 평등하다. 그러나 지금 유미는 발가벗은 사람들 틈에서 이상한 부자유스러움을 느낀다. 불평등을 느낀다. 발레리는 인간의 몸이 표현하는 보디랭귀지는 세계 공용의 언어라고 말했다. 그러나 유미는 지금 자신이 벙어리, 그저 마네킹처럼 무력한 느낌이 들었다. 그것은 언어의 문제가 아니었다. 그건, 보디, 즉 자신의 몸이 그들과 다르기 때문이었다. 세계 공용어와 소수자의 방언 같은 눈에 보이지 않는 차별감이었다. 유럽인인 그들만의 세계에 뛰어든, 머리 색깔과 눈빛이 다르고 피부색이 다른, 크지 않은 동양의 여자는, 말하자면 그들에겐 해독하기 어려운 외국어나 방언일 것이다. 동양 여자는커녕 동양 남자조차도 눈에 띄지 않는 이곳에 저 여자는 왜 왔을까, 그들은 대략 난감한 표정들을 지었다. 옷을 입은 세계에서는, 즉 문명의 세계에서는 오히려 인간의 '언어'야말로 평등의 도구였다. 누구나 자신을 변호하거나 묵비권을 행사할 수 있고 거짓말도 할 수 있다. 그런 기회의 선택권이 있는 한 평등하다. 그러나 알몸인 몸뚱어리로만 자신의 정체성을 설명할 수밖에 없는 원시적인 상황에서는 동물적인 서열이 있다. 유미는 사자의 영역에 들어온 얼룩말처럼 더 소외감과 위험을 느꼈다. 심리적인 부담으로 주눅이 든 유미는 텐트에 들어와 문을 닫아 버렸다.

그러자 왜 무모하게 이곳에 왔는지 후회가 되었다. 어쩌면 유진에 대한 반항 심리가 밑바닥에 깔려 있었을 것이다. 프로그램 브로슈어를 보니 시 창작이나 노래 교실, 동양철학 같은 고도의 언어를 요구하는 강좌나 스포츠가 대부분이었다. 언어가 달리는 유미가 할 수 있는 것은 요가나 스트레칭 정도였다.

성적 모험이나 욕망은 오히려 옷을 입은 세계에서 더 강렬하게 솟아나는 거 아닐까. 이런 나체촌에서 인간의 성적인 욕구는 오히려 초연해진다. 유미는 욕구는커녕 낯선 환경이 끔찍해서 당장이라도 파리에 올라가고 싶었다.

유미는 한참을 망설이다 유진에게 전화를 했다.

"오빠, 나 유미."

"너, 어디니?"

"응, 캠프촌이야."

"너 결국! 그래서, 재미있니?"

"나 적응이 안 돼서 텐트 안에 그냥 있어. 동양 사람은 하나도 없어. 그래서 쪽팔려."

"너만 벗은 것도 아닌데 뭐가 쪽팔려."

"그래서 말인데…… 오빠가 여기 오면 어떨까?"

"동양인 커플이 다니면 두 배로 더 쪽팔릴걸."

"아니, 오빠는 오빠대로 여기서 자유롭게 파트너 구해서 지내. 그냥 오빠가 여기 있으면 좀 든든할 거 같아."

"발레리 있잖아."

"걔는 이제 나한테 관심 없어. 걔가 그랬어. 여기 오면 각자 각개 전투 하는 거라고. 자기는 나 못 돌봐 준다고."

"그러게 그럴 깜냥도 없으면서 그런 델 왜 가?"

"오빠, 와라. 혼자 오기 뭐하면 애인이라도 데리고 와."

"나 촬영차 지방에 와 있어."

"그럼 그때 사진 속 모델이라도 데리고 와."

"……."

유진은 침묵했다. 그리고 단호하게 말했다.

"네가 선택한 건 네가 책임져라."

"그럼, 오빠는 내가 타락해도 좋아?"

"더 이상 어떻게 더 타락하겠어."

아유, 싸가지. 유미는 전화를 탁 끊어 버렸다.

홧김에 유미는 큰 타월을 챙겨 수영장으로 갔다. 그래, 내가 선택한 거니까 피하지 말자. 아니, 피할 수 없으면 차라리 즐기자. 저녁 해가 저물어 가는 시간이어서 그런지 알몸이었던 사람들이 반바지나 셔츠 같은 걸 걸치기도 했다. 부끄러움 때문이라기보다 추위로부터 몸을 보호하기 위해서였다.

수영장에는 아무도 없었다. 왜 이렇게 사람이 없을까. 모두들 저녁 식사를 하러 간 걸까. 유미는 물속에 들어가 편안하게 몸을 이

완했다. 드디어 알몸에 닿는 물이 상쾌하게 느껴지고 기분이 좋아졌다. 그때 누군가가 물속으로 들어왔다. 웬 곱슬머리 남자였다.

"안녕, 나예요."

그러고 보니 낮에 텐트 치는 걸 도와주었던 옆 텐트의 남자였다.

"내 이름은 미셸이에요. 그쪽은?"

"유미예요."

"왜 아까 수영장에서 보자고 했는데 안 왔어요? 지나가다 보니까 당신 모습이 눈에 띄어 반가워서 왔어요."

그가 상냥하게 웃으며 말했다. 유미는 알겠다는 듯이 고개를 끄덕였다. 미셸이 자기소개를 했다.

"난 소르본에서 미술사학과 박사과정에 있어요. 올해 스물일곱. 그쪽은 스물하나?"

유미는 웃었다.

"비밀."

그가 능숙한 자세로 수영을 하기 시작했다. 키가 그리 크진 않았으나 균형 잡히고 다부진 몸이었다. 유미도 수영을 하기 시작했다. 그런데 어느 틈에 그가 물속에서 쑥 솟아올라 유미의 코앞에 나타났다. 유미가 놀라는 모습이 재미있는지 장난꾸러기처럼 잠수를 해서 유미의 주변을 맴돌았다. 아무리 물속이긴 했지만 두 사람은 알몸이었다. 유미가 도망을 가면 그가 유미를 따라오곤 했다. 유미가 몸을 돌리는 어느 순간 그의 몸이 부딪쳐 슬쩍 닿았다. 물속에서 탄력 있게 튕기는 남자의 몸. 유미는 얼굴에 열이 오르는 것 같아 물속에 얼굴을 처박았다. 물속에 잠겨 있는 그의 알몸이 희미하게 보였다. 언뜻 그의 몸에서 성난 돌기를 본 듯해서 유미는 얼른 바깥으로 나와 타월을 둘렀다. 뒤따라 나온 그가 말했다.

"예뻐요……."

"고마워요."

"저녁 같이 먹을래요?"

"발레리한테 물어보고요."

"아 그 여자 친구? 그 여자랑 혹시 레즈비언 관계는 아니죠?"

"아니에요!"

유미가 펄쩍 뛰었다.

"그 여자, 좀 전에 어떤 흑인 남자랑 팔짱 끼고 함께 가던걸요. 놔두세요. 나의 자유가 중요하듯, 남의 자유를 존중해야죠."

아, 발레리는 이미 성적 모험에 시동을 걸었구나.

유미는 미셸과 저녁 식사를 함께했다. 레스토랑에서 와인을 곁들인 식사를 하자 긴장이 서서히 풀리기 시작했다. 미셸은 점점 호감형으로 변했다. 무엇보다 유미가 석사과정에 입학할 예정이라고 하니 자기가 학위를 딸 수 있도록 도와주겠다고 말했다. 잘 알아듣질 못해서 그렇지 그는 제법 박식하고 지적인 청년 같았다.

식사 후에 미셸이 젊은이들이 밤마다 모이는 클럽에 가자고 해서 따라갔다. 그런데 아니나 다를까? 사람들 속에서 발레리가 몸을 밀착한 채 에르베와 함께 다정하게 춤을 추고 있었다. 20대에서 40대까지 다양한 연령층의 사람들이 즐기는 모습이 인상적이었다. 유미도 미셸과 칵테일 잔을 들고 적당히 몸을 흔들며 춤을 추었다. 사람들의 시선이 느껴졌다. 몇몇 남자가 미셸에게 다가와 정중하게 이 아가씨와 춤을 추어도 되겠느냐고 허락을 구했다. 미셸이 주인치럼 거만하게 굴었다.

"이 남자가 당신과 잠깐 춤을 추고 싶다는데……."

유미는 모두 고개를 저으며 웃었다. 남자들이 아쉬운 눈빛으로 물러났다. 발레리가 어느새 유미 곁으로 왔다.

"유미, 인기 짱이네. 내 그럴 줄 알았어. 이 자식들, 동양 여자라면 눈이 휙 돌아 가지고선. 특히나 여기 오는 놈들은 말이야. 내가 그래서 너랑 붙어 있는 게 짜증 나. 그런데 넌 저 허여멀건 애를 찜한 거니?"

발레리가 미셸을 턱으로 가리키며 물었다.

"그냥……."

"잘해 봐. 근데 에르베, 저 남자 끝내준다. 난 인종주의자는 아니지만, 역시 흑인 남자야. 대물이야, 크크……."

이 사람들도 대물은 엄청 밝히나 보다. 유미는 갑자기 그 일이 떠올랐다. 유미가 프랑스에 온 지 얼마 안 되었을 무렵 유미에게 저녁이면 전화가 걸려 왔다. 예절 바른 목소리였다.

"안녕하세요, 마드무아젤. 저는 무슈 그로스바트라고 합니다."

"아, 안녕하세요? 그로스바트 씨."

"저는 이웃에 살고 있어요. 이름이 어떻게 되지요?"

유미는 불어 연습도 할 겸 간단하게 통화 좀 하는 게 어떠랴 싶었다. 남자와 초보 불어로 더듬거리며 몇 마디 하고는 전화를 끊었다. 남자는 한두 번 더 전화를 해 왔는데, 그날은 좀 이상했다.

"안녕하세요? 무슈 그로스바트예요."

"아, 안녕하세요? 무슈 그로스바트! 잘 지내세요?"

"잘 못 지내요. 마드무아젤! 저의 그로스바트를 한번 보고 싶지 않으세요?"

저의 그로스바트? 그로스바트가 성이 아니었나?

"그로스바트요……?"

"그래요…… 아아, 한번 보여 주고 싶어요."

"그게…… 뭔데요?"

"보시면 당신이 아주 좋아할 겁니다."

남자가 호흡이 야릇해지며 신음을 흘렸다. 그제야 유미가 놀라 전화를 끊었다. 나중에 발레리에게 이야기하니 마구 웃었다. 말하자면 유미는 어떤 변태의 장난 전화에 놀아난 것이었다. '그로스 바트(grosse batte)'란 그야말로 빅 배트(big bat), 즉 '대물'이란 뜻의 은어였다.

"난 오늘 밤, 텐트로 돌아가지 않을 거야. 기다리지 마."

발레리가 유미에게 귓속말을 하고 사라졌다. 그때 미셸이 다가와 오늘 밤 함께 보내지 않겠느냐고 물어 왔다. 자연스레 그의 아래를 보니 거짓을 모르는 그의 물건이 강력하게 자신을 주장하는 게 눈앞에 보였다. 숨길 수 없는 명백한 유혹이다.

유미는 그에게 그렇게 강렬하게 끌리지 않았다. 그는 별 특별할 것도 없는, 그냥 그 나이 또래의 젊은 파리지앵이었다. 유미가 그냥 희미하게 웃자 그가 채근하며 물었다.

"확실하게 대답해요. 예스예요, 노예요?"

"노, 미안해요."

"오케이. 그럼 좋은 밤 보내세요."

미셸이 쿨하게 물러섰다. 5분도 안 되어 그는 붉은색 머리칼을 가진 젊은 여자와 눈이 맞았는지 함께 나갔다. 그가 나가자 유미를 바라보는 남자들의 눈빛이 주인 없는 어물전의 생선을 보는 도둑고양이처럼 느껴졌다. 유미의 자격지심인지도 몰랐다.

한국도 아닌, 파리도 아닌, 특별한 곳에 홀로, 그것도 나체로 서 있다는 게 그때는 왜 그리 두려웠을까. 유미가 자리를 뜨려고 하는데 누가 나직한 목소리로 유미를 불렀다. 돌아보니 시몽이었다. 아까 발레리가 에르베와 둘이 있기를 원할 때 방갈로를 함께 나온 두 사람이었다. 그는 흑인 혼혈 특유의 숱 많은 검은색 곱슬머리와 다갈색 피부를 가지고 있었다. 유미보다는 나았지만 그 역시 백인이 대부분인 캠핑장 안의 소수민족이었다. 동병상련일까. 반짝 반가움이 일었다. 시몽이 흰 이를 드러내며 웃었다.

"재미없죠? 얼굴이 그래 보이네요."

유미도 웃었다.

"그냥 그럭저럭……."

"해변으로 가 보지 않을래요?"

"지금요?"

"재미있는 이벤트 하는 곳을 알아요."

유미는 망설였지만 언제까지고 몸을 사릴 수는 없다고 생각했다.

"그게 뭔데요?"

"원시의 밤이라고, 아프리카 음악이 어우러진 축제라 보면 돼요."

"그러죠……."

"밤에는 추우니까 텐트에 들러 셔츠라도 챙겨 가요."

시몽이 친절하게 말했다. 웃는 모습이 착해 보였다.

텐트로 가서 유미는 헐렁하고 긴 셔츠를 걸쳤다. 시몽도 반바지를 입고 나왔다. 해변으로 가는 동안 시몽이 자기소개를 했다. 자신은 자동차 정비소에서 일한다고 했다. 프랑스의 옛 식민지인 세네갈의 이민 3세대며, 자신의 조상은 아프리카 한 부족의 왕족 출신이라고 했다. 왕족? 유미가 잘못 들었나 싶어서 다시 물었다.

"정말요? 로열패밀리네요."

시몽이 고개를 끄덕였다. 하긴 아프리카에는 우리가 모르는 부족도 아주 많을 테니……

해변은 걸어서 10분 정도 되는 거리였다. 야자수가 우거진 어느 지점에서 아프리카의 손북이 울리는 소리가 탐탐탐…… 경쾌하게 들려왔다. 시몽이 어깨를 들썩였다. 근처에 가 보니 캠프파이어를 하는지 사람들이 모닥불 가에 둘러서서 몸을 흔들어 대고 있었다. 개중에는 아프리카 가면을 쓰고 있는 치들도 있었다. 분위기가 한창 고조되었는지 아주 음란한 동작으로 누군가의 동작을 따라서 했다. 아프리카 추장이나 원주민 같은 흑인은 눈에 뜨이지 않았다. 그들은 대부분 백인 남자였다. 둘러보니 여자는 한 명도 없었다. 남자들의 춤이 점점 더 낯 뜨거워졌다. 유미는 갑자기 위기의식을 느꼈다. 저 남자들이 혹시 공격해 온다면? 유미는 놀란 눈으로 시몽을 바라보았다.

"이 남자들 뭐예요? 좀 무서워요."

유미가 기분 나쁜 투로 말했다.

"겁내지 말아요. 여기 근처에 게이 전용 해변이 있어요. 그래서……."

"그럼 게이들의 축제……?"

"그렇죠."

"왜 하필……."

"쾌락은 누구에게나 평등한 거죠."

유미는 분위기가 마음에 들지 않아 그곳에서 물러났다. 홀로 모래사장에 발을 푹푹 빠뜨리며 걷고 있으니 시몽이 뒤따라왔다. 멀리서 들리는 아프리카의 북소리가 오히려 구슬프게 들렸다. 그가 어디서 구했는지 와인 한 병을 들고 왔다. 시몽이 유미를 불렀다.

"좀 앉았다 가요."

유미는 모래밭에 앉아서 시몽이 주는 와인을 한 모금 마시며 바다를 바라보았다. 반달이 떠 있었는데 바닷물이 얼마나 투명한지 달빛에 비치는 파도의 실루엣이 투명하고 맑게 보였다.

"아름답죠? 낮에 보면 바다 색이 에메랄드빛이에요."

바람이 불어 유미의 긴 머리칼이 자꾸 시몽에게로 날아갔다.

"좋은 냄새가 나네요."

시몽이 병나발 불며 와인을 마시고 나서 물었다.

"혹시 당신은 여기 어떤 성적 환상을 꿈꾸며 왔나요?"

유미가 머뭇거리며 대답했다.

"그냥 호기심……."

"그래요. 사실 인간의 성적 환상이란 포르노의 학습 효과죠."

"당신은 왜?"

"왜 여기 왔느냐고요? 난 사실 심심해서 왔어요. 다양한 여자를 만나고 싶어서요. 말하자면 당신 같은……."

그가 히죽 웃었다. 어두운 밤이라 그의 흰 이가 더 희게 빛을 발했다. 그가 유미의 목덜미를 쓰다듬더니 유미의 가슴을 부드럽게 어루만지기 시작했다. 유미는 그를 저지하게 위해 그의 팔을 붙들었다. 그런데 의외로 그의 피부가 단단하고 특별히 기분 좋은 매끄러운 질감으로 느껴졌다. 잠시 틈을 보인 사이 그의 손이 유미의 아래를 헤집고 혀는 유미의 귓불을 간질이고 있었다. 유미는 그의 몸을 밀다가 그의 등에 가만히 손을 얹었다. 달빛에 그의 검은 몸이 아름답게 번들거렸다. 손끝에 닿는 피부결의 매끄러움은 어떤 인종의 남자보다 매혹적이었다. 그의 아래가 곤봉처럼 부푸는 게 보였다. 숨이 막힐 것 같은 공포와 전율이 느껴졌다.

털 없는 검은 짐승. 바닷가의 은은한 달빛 아래, 흰 백사장에서 바라보는 그의 매끄러운 몸은 마치 한 마리 돌고래 같았다. 유미는 눈을 감았다. 아프리카의 북소리가 들려왔다. 북소리를 들으니 유미의 몸 어디선가 그 북소리 같은 리듬과 진동이 퍼져 나왔다. 유미는 눈을 감고 그곳에 신경을 집중해 보았다. 관능과 쾌락의 진원지인 그곳에서 서서히 온몸으로 묘한 기운이 퍼져 나갔다. 유미는 처음 느껴 보는 쾌락과 공포와 호기심과 자포자기가 섞인 색다른 흥분으로 조금씩 몸을 떨었다. 그럴수록 남자의 손놀림은 유연하고 거침없이 느껴졌다.

시몽은 입고 있던 반바지를 벗어 모래사장에 깔았다. 그리고 유미의 셔츠 단추를 풀기 시작했다. 잠깐 유미가 저지하려고 했다. 그

뜻을 알아챘는지 그가 콘돔을 꺼냈다. 남자의 센스에 조금 안심이 되었나. 유미도 셔츠 주머니에 준비해 오긴 했다. 시몽은 왼손으로 계속 유미를 자극하면서 오른손으로는 그것을 자신의 물건에 씌우기 시작했다. 잘 안 되었다. 유미가 두 손으로 그것을 도왔다. 아주 뜨거운 핫도그를 쥔 거 같았다.

드디어 남자가 유미의 몸에 들어왔을 때 유미는 헉! 하고 숨을 멈추었다. 커다란 말뚝이 박히는 순간, 숨이 콱 막히는 것 같았기 때문이다.

다음 날 유미는 시몽과의 섹스 후유증으로 온몸이 무거웠다. 오전 내내 텐트에 누워 있었다. 오후 늦게야 발레리와 함께 점심을 먹었다. 발레리는 어제 혼자 잤느냐고 물었다. 유미는 솔직하게 시몽과 해변에서 함께했던 '원시의 밤'에 대해 말해 주었다.

"어땠니?"

발레리가 호기심을 보이며 물었지만, 유미는 그런 미묘하고 복잡한 이야기를 프랑스어로 전할 능력이 없었다. 단 하나 떠오르는 단어로 말할 수밖에.

"그는 '무슈 그로스바트'야."

발레리가 킥킥댔다.

오후에는 동양철학 강연을 들으러 가는 발레리와 헤어져 유미는 힐링 센터에서 열리는 마사지 교실에 참여했다. 말이 별로 필요 없는 강의라 짐작되었기 때문이다. 부부나 연인에게 권장되는 마사지라고 했다. 강사가 한 번씩 시범을 보이면 따라 하는 것이었다. 모두 열한 명이었는데 강사를 빼고는 이상하게 남녀가 짝이 맞았다. 여자들이 남자들의 등과 어깨와 배에 오일을 바르고 강사의 설명에 따라 문질렀다. 유미는 곁에 있는 어떤 남자와 짝이 되었다. 그는 나이를 알 수 없는 남자였는데 잘 웃지 않고 무뚝뚝했다. 그러나 유미의 손길이 닿자 자동적으로 그의 몸 한복판에서 '차단기'가 올라갔다. 그 역시 그런 반응에 좀 놀라고 민망해하는 눈치였다. 그러나 다른 침상의 남자들도 정도의 차이는 있었지만 모두 비슷했다. 나중에 그 교실을 나올 때 남자는 자신이 독신이며 고등학교 수학 교사라고 소개했다.

한낮의 열기가 숙지근해졌을 때 유미는 홀로 나체촌 전용 해변으로 나가 보았다. 남녀노소 누구나 당당하게 일광욕을 하거나 입욕을 하거나 백사장에서 공놀이를 하고 있었다. 아직은 낯설지만 평화로워 보이는 광경이었다. 선글라스를 끼고 있는 그들의 눈이 어디를 향하는지는 도무지 알 수 없다. 유미 또한 햇빛 때문에 선글라스를 썼다. 진작 착용할걸. 참 이상했다. 이걸 쓰고 있으니 옷을 벗고 있어도 훨씬 덜 부끄러웠다. 눈 둘 곳이 없다가 검은 안경을 쓰니 한결 편안했다. 누군가를 빤히 쳐다보는 것도 선글라스 안에서는 교묘하게 위장되니 말이다. 사람들의 선글라스에서 빛이 튕겨나왔다. 어쩌면 그것은 반사되는 햇빛이 아니라 선글라스 안에 숨겨진 그들의 날카로운 안광(眼光)인지도 모른다.

유미 또한 백사장에 타월을 깔고 선탠오일을 온몸에 바르고 선글라스를 낀 눈으로 탐조등처럼 해변을 샅샅이 훑었다. 잘생긴 남자들은 이미 여자들과 함께 있었다. 혼자 있는 남자들은 얌전한 포즈를 취하고 있어도, 몸이 짝짓기의 갈망으로 가득 차 있는 게 드러났다. 남자의 몸은 여자에 비해 너무 순진하다. 거짓말을 할 줄 모르니까. 나이 든 남자 몇이 몰래 찜한 여자를 바라보며 수음을 하고 있었다.

그때 누군가가 다가오는지 유미가 누워 있는 모래밭이 들썩였다. 미셸이었다. 어젯밤 빨간 머리 여자랑 눈이 맞아 클럽에서 나갔던 남자지만 해변에서 만나니 반갑기도 했다.

"유미, 어때요? 재미있어?"

"보다시피……."

유미가 웃었다. 그가 유미 옆에 자리를 잡고 앉았다.

"내 등에 오일 좀 발라 줘요."

그가 유미에게 올리브 오일을 내밀었다.

"선탠하면 야성적으로 보이겠죠?"

옅은 금발에 얼굴이 흰 그가 햇빛에 순두부처럼 하얗게 뭉개지며 웃었다. 유미는 그의 등판에 오일을 발라 주었다.

"유미 등에는 내가 발라 줄게요."

그가 유미의 어깨를 잡았다. 그가 유미의 목덜미에서부터 등으로 내려오는 곡선을 미끄러지듯이 마사지했다.

"뒷모습이 꼭 예쁜 바이올린 같아요."

유미는 미셸과 나란히 엎드려 선탠을 했다.

"유미, 오늘 밤 내가 멋진 데로 안내할게요."

엎드려 있던 미셸이 고개를 들고 말했다.

"어디?"

"해변에 쌍쌍이 모이는 장소가 있어요."

미셸이 의미심장하게 웃었다.

"혹시 원시의 밤 축제?"

유미는 지난밤 모닥불 앞의 남자들이 생각나서 물었다.

"아뇨!"

미셸이 고개를 단호하게 흔들었다.

"남자와 여자. 아주 자연스럽고 정상적인 커플들의 오케스트라 같은 거예요."

오케스트라. 미셸의 비유가 모호하긴 했지만 유미는 아마도 남녀 커플들의 집단 짝짓기가 아닐까, 짐작했다. 발레리에게 들은 적이 있다. 경험 많은 노련한 한 여자가 남자 파트너를 펠라티오로 예열하면 그 열기가 서서히 번져 모든 커플이 군무를 추듯 섹스를 한다고 했다. 집단 섹스를 하는 그 모습을 상상하니 언젠가 본 다큐멘터리 영화 속 펭귄들의 모습이 떠올랐다.

유미는 푸른 바다와 흰 백사장 위에 옹기종기 모여 선탠을 하는 누드족들을 바라보았다. 그들은 펭귄이 아니라 무슨 새로운 종의 바다짐승들처럼 보였다. 오일을 발라 피부가 번들거리고 검붉게 달아오른 사람들은 변종 고래 무리처럼 보이기도 했다. 이 사람들 중에서 암컷과 수컷이 짝을 맞춰 달빛 아래 해변에서 짝짓기를 하는 모습은 어떨까. 한 커플의 리드에 따라 짐승들처럼 집단 섹스를 하는 그 모습이 일사불란한 오케스트라처럼 장관일까?

그때 바다짐승 무리 속에서 한 '인간'의 모습이 눈길을 끌었다. 그 인간은 야구 모자를 깊이 눌러쓰고 청바지에 흰 셔츠를 입고 연신 휴대폰을 누르며 해변을 헤매고 다니는 인간 수컷이었다. 바다

짐승들의 세계에 뛰어든 침입자처럼 그 모습이 튀었다. 사람들도 손뼉질을 하며 웃었다. '옷을 입은 인간'의 모습이 비정상적으로 보이는 게 신기했다. 어떤 겁 없는 인간이 이 세계에 뛰어들었을까. 게다가 그는 어깨에 카메라 가방까지 메고 있었다.

"유미, 아까부터 계속 전화가 울리네."

그때 미셸이 유미의 타월 밑에서 울리는 휴대폰을 가리켰다. 그동안 휴대폰 전원을 꺼 두었는데 오늘따라 발레리와 연락할 일이 있어서 일부러 가져온 휴대폰이었다. 유미가 휴대폰을 꺼내 들었다. 여기저기 재미있는 것을 찾아 발발거리고 돌아다니는 '발바리' 발레리가 무슨 재미있는 이벤트를 발견한 걸까? 그러나 발신인은 발레리가 아니었다. 유미는 망설이다 전화를 받았다.

"어, 웬일이에요?"

"수도 없이 전화했는데 왜 그렇게 전화를 안 받아! 너 지금 어디야?"

유진의 목소리가 쩌렁쩌렁 울렸다.

"어디긴. 나체 캠프에 와 있다고 했을 텐데."

"그러니까 어디냐고. 발레리를 만났더니 네가 해변에 있을 거라고 그러던데."

"발레리를 만났다고요?"

"그 얘긴 나중에 하고. 나, 해변에 와 있어. 여기서 널 찾으려니 눈이 빙빙 돈다."

유미는 해변을 둘러보았다. '옷을 입은 인간' 하나가 귀에 휴대폰을 대고 해변을 누비고 있었다. 아니, 그럼 저 '인간'이 이유진?

유미는 기가 찼다. 유진이 다급하게 물었다.

"해변에 있어, 없어?"

"으음……."

유미는 어찌해야 할지 몰라 머뭇거렸다.

"빨리 말해!"

"……있어요."

"그럼, 손 흔들어 봐."

쪽팔리게 손을 흔들라니! 유미는 망설이다 일단 앉아서 타월을 몸에 둘렀다.

"오빠 어디 있는지 아니까 내가 그리로 갈게. 사람들 눈도 있고 하니까 저쪽 소나무 숲 있는 데로 가 있어요. 곧 갈게."

유진이 사람들이 일광욕하고 있는 해변을 떠나 옆의 한적한 소나무 숲으로 몸을 움직이는 게 보였다. 몇몇 사람이 유진의 모습을 응시했다. 도대체 뭐야? 어휴, 쪽팔려. 유미는 속으로 투덜대며 일어섰다.

"왜? 벌써 가려고?"

아무것도 모르는 미셸이 서운한 얼굴을 했다. 그러더니 유미에게 다짐을 받았다.

"오늘 밤에 거기 나와 함께 갈 거죠?"

"알았어요."

유미는 고개를 까딱이고는 미셸에게서 물러나 유진이 기다리고 있는 소나무 숲으로 갔다. 야구 모자를 깊이 눌러쓰고 검은 선글라스를 끼고 있는 유진의 얼굴은 통화하지 않으면 알아볼 수 없었을 것 같았다. 유미가 다가가자 유진이 선글라스를 올렸다. 그는 한낮의 열기 때문인지 분노 때문인지 얼굴이 벌겋게 달아올라 있었다. 그는 다짜고짜 화난 사람처럼 말했다.

"짐 싸!"

"도대체 뭐야? 갑자기 찾아와서. 여기서 즐기려고 온 거 아니에요?"

"너처럼 겁대가리 없이 자유분방한 여자는 처음 본다."

유미가 발끈했다.

"안 가요! 내가 뭐 오빠 노예야? 어디다 대고 명령이야?"

"아니, 내가 노예지."

유진이 화를 삭이는 목소리로 말했다.

"명령 아니라 부탁이다. 쾌락에 몸부림치지 말고 당장 짐 싸서 파리로 올라가 줘."

"몸부림? 쾌락을 누리는 건 하나의 권리야. 내 자유와 권리를 침해하지 마. 즐기지 않을 거면 혼자 올라가요. 그렇게 셔츠 단추까지 꼭꼭 채우고 문명인인 척하지 말고. 욕망에 저항하느라 속으로 피흘리는 거, 나 다 알아요. 옷으로 위장한다고 그런 본능이 다 가려지나?"

유미는 현장에 들이닥친 오빠에게 저항하는 비행 소녀처럼 반항했다. 유진의 눈빛이 안타깝게 변했다. 그러나 입은 꾹 다물고 있었다. 말로는 표현 못 할 언어를 유진은 눈빛으로 보내고 있었다. 마침내 냉정을 되찾은 유진이 입을 열었다.

"나는 여기 임무 수행차 왔다."

"임무?"

"그분에게서 돈이 입금되었다."

그 말 한마디에 힘이 잔뜩 들어갔던 유미의 어깨가 쓰윽 내려갔다. 아닌 게 아니라 돈이 곧 떨어질 참이었다.

"그리고 난 너를 보호해야 해."

유진이 착잡한 얼굴로 담배를 하나 꺼내 물었다.

"그게 또 나의 임무니까."

유미는 곧바로 짐을 싸서 파리로 함께 올라가길 종용하는 유진에게 더 이상 저항하지 못했다. 그것은 돈이 입금되었다는 유혹적인 먹이도 먹이지만 그 자신의 말대로 '쪽팔림'을 감수하고 나체촌에 나타나 준 유진이 내심 반갑고도 고마웠기 때문이다. 사실은 나체 캠프에 완전히 동화되지도 못하고 더 이상 즐길 마음도 별로 동하지 않던 유미였다. 마침 돈이 입금된 걸 핑계로 유미가 걱정스러워 찾아와 준 유진의 속마음이 느껴졌다. 난 너를 보호해야 해. 그 말을 하는 유진의 나직한 목소리에 유미는 속으로 눈물이 날 정도로 안심이 되었다. 나체 캠프에서 마치 미아(迷兒) 같던 자신을 찾으러 와 준 오빠처럼 유진에게 와락 친밀감이 느껴졌다.

오후 늦게 유진의 차를 타고 두 사람은 파리를 향해 출발했다. 바캉스 시즌의 마지막 주라 그런지 고속도로는 정체가 심했다. 당일 파리에 도착하려던 계획이 어긋났다. 디종 부근의 휴게소에서 늦은 저녁을 함께 먹고 나니 10시가 넘었다. 유진은 몹시 지쳐 보였다. 파리까지는 최소 세 시간 이상은 더 달려야 했다. 유진도 무리라고 생각했는지 디종 시내로 진입했다. 유진은 방을 두 개 얻으려고 했지만 토요일 늦은 시간의 호텔에는 방이 없었다. 할 수 없이 트윈 베드가 있는 작은 방 하나를 얻게 되었다.

유진은 먼저 씻겠다고 하더니 욕실로 들어갔다. 그가 시원한 물소리를 내며 샤워하는 소리를 듣고 앉아 있으니 이상하게 온몸이 뜨거워졌다. 티셔츠와 꽉 끼는 청바지를 입어 더워서 그런 걸까? 그렇다고 나체촌에서처럼 훌렁 벗고 싶은 생각은 없었다. 옷을 입고 앉아 욕실 안의 남자가 알몸으로 샤워를 하는 모습을 상상하는데 이렇게 에로틱하고 묘한 기분이 들다니. 며칠간 알몸의 세계에서는 느껴 보지 못한 야릇한 설렘이었다. 유미는 작은 창으로 시내의 불빛을 바라보며 앉아 있었다.

"들어가 씻어라."

유진의 목소리에 유미는 뒤를 돌아보았다. 그는 샤워 후 티셔츠와 반바지를 얌전히 갈아입고 젖은 머리를 수건으로 닦으며 서 있었다. 그러면 그렇지. 유진답다. 욕실에 들어가 샤워를 끝낸 유미도 헐렁하고 편한 원피스로 갈아입고 욕실 밖으로 나왔다. 유진은 그 사이에 자신의 침대에 들어가 누워 있었다. 벌써 자는 걸까?

"오빠, 자?"

"……."

유진에게서는 아무 대답이 없었다. 머쓱한 기분이 든 유미도 머리칼을 말리고 나서 자신의 침대에 들었다. 벌써 자정이 넘었다. 머리맡의 등을 끄고 누우니 기다렸다는 듯이 유진이 잘 자라는 인사를 했다.

"본 뉘(Bonne nuit)."

"오빠도."

캄캄한 실내에 숨소리만 들릴 뿐 적막이 흘렀다. 이상하게 잠이 오지 않았다. 잠을 못 이루는 기척을 유진이 아는 것도 싫었다. 유진이 차라리 코를 골며 깊이 잠들었으면 좋으련만 그에게서는 아무 소리도 들리지 않았다. 그 역시 잠들지 못하고 숨소리마저 통제하는 긴장 상태인 걸 공기로 감지할 수 있었다. 잠을 자려고 할수록 방 안의 공기가 팽팽해지는 게 느껴졌다. 술이라도 한 병 사 올걸. 그러나 모두가 다 잠든 시각이었다.

유진이 몰래 한숨을 조용히 뱉어 내는 소리를 유미는 들었다. 젊은 청춘 남녀가 한 방에 누워 이렇게 잠들지 못하고 누워 있는 꼴이 우스웠다. 두 사람 모두 한여름에 옷을 단단히 입고서 숨소리를 죽여 가며 누워 있는 꼴이라니.

하지만 유미는 유진에게 더 이상 '껍대가리 없이 자유분방한 근본 없는' 여자가 되고 싶지 않았다. 지난번에 나름대로는 순수한 마음으로 옷을 벗었던 유미에게 그가 모욕을 준 걸 아직도 잊을 수가 없었다.

유미도 한숨을 쉬며 몸을 뒤척였다. 빨리 잠들기 위해 유미는 나체 캠프에서 머문 며칠간의 추억을 파노라마처럼 떠올렸다. 푸른 풀밭을 걸어가는 알몸의 사람들, 클럽에서 함께 춤추던 남자들, 시몽과 보낸 원시의 밤, 그의 단단하고 매끄럽던 피부와 숨이 막힐 만큼 밀고 들어오던 그의 '그로스바트'. 태양이 이글거리던 해변에서 유미의 몸에 오일을 발라 주던 미셸의 뜨거운 손과 그때 느낀 간지러움이 되살아났다. 그리고 그와 함께 알몸으로 시원하게 수영을 하던 풀장의 기분 좋은 물살의 느낌이 새삼 다가왔다. 유미는 저도 모르게 침대 안에서 원피스를 벗었다. 어두운 방 안에서 맨살에 그 물살과 손길의 간지러움과 따가운 태양 빛과 살랑대는 미풍을 느끼고 싶었다. 손으로 살며시 가슴을 쓸어내리자 가슴에서 쿵쿵쿵, 아프리카의 북소리 같은 심장박동이 느껴졌다. 그 박동 소리를 듣자 그대로 일어나 온몸으로 춤이라도 추고 싶었다. 하지만 유미는 그 에너지를 억지로 누르며 온몸을 태아처럼 웅크리고 잠을 청했다. 나체촌의 벌거벗은 사람들을 떠올리며 숫자를 세기 시작했다. 유진의 간헐적인 호흡 소리와 뒤척이는 소리가 점차 멀어지며 유미는 겨우 잠으로 빠져들었다.

유미는 가면을 쓰고 사람들과 모닥불 가에 둘러서서 아프리카의 춤을 추었다. 가면을 쓴 얼굴이 답답했지만 온몸은 시원한 알몸이었다. 남자도 여자도 누구나 다 벗었지만 모두 가면을 쓰고 있었다. 한 남자가 유미를 유혹하는 춤을 추었다. 그는 아프리카의 전사인지 긴 창을 들고 있었다. 음악과 흥분이 고조되자 그는 유미 앞에서 창을 내려놓고 더욱더 노골적인 유혹의 춤을 추기 시작했다. 그가 마침내 유미의 가면을 벗기고 자신의 가면도 벗으며 키스를 했다. 달콤하지만 한없이 슬픈 느낌의 키스였다. 유미는 키스 도중에 눈을 떠서 그의 얼굴을 살폈다. 앗, 유진! 그가 유진이라는 걸 알아채자 유미는 잠에서 깼다.

꿈 때문이 아니었는지 모른다. 유진이 악몽을 꾸었는지, 가위에 눌렸는지 숨차게 잠꼬대를 하고 있었기 때문이다.

"아아, 안 돼. 안 돼…… 내가…… 내가…… 아악!"

고통스러워하는 유진의 기척에 유미는 얼른 일어나 유진에게로 가서 그를 흔들어 깨웠다.

"오빠! 오빠!"

유진의 온몸은 땀투성이였다. 유진이 벌떡 일어났다.

"괜찮아? 무슨 나쁜 꿈꿨나 봐. 우리 엄마가 가위 눌렸을 때는 꼭 깨워야 한다고 했어. 안 그럼 죽을 수도 있다고."

유미가 유진의 등을 쓰다듬어 주었다. 티셔츠가 온통 땀으로 축축했다. 그때 갑자기 유진이 유미를 와락 끌어안았다. 유미는 꼼짝할 수도 없어서 그대로 있었다. 한기가 들었는지 그의 몸은 계속 떨리고 있었다. 방 안은 캄캄한 어둠 속에 잠겨 있었는데, 유미는 갑자기 자신이 옷을 벗고 있는 게 부끄럽게 여겨졌다. 잠시 후 유미가 몸을 빼려 했다. 그러자 유진이 더욱 완강하게 유미를 끌어안았다. 그리고 그의 뜨거운 입술이 벌어지며 유미의 입술을 물었다. 유진은 유미를 놓치지 않겠다는 듯 숨 막히게 껴안고 유미의 입술을 뜨거운 혀로 헤집기 시작했다. 유미는 거의 숨이 막힐 지경이었다. 유미가 도리질을 칠수록 유진의 팔은 더욱더 강력하게 조여 왔다.

입술이 빈틈없이 포개진 두 사람은 코로 뜨겁고 거친 숨을 몰아쉬었다. 문득 유미의 얼굴에 그의 눈이 닿았을 때 물기가 느껴졌다. 순간 유미는 약간 의아했다. 눈물일까? 아냐, 땀이겠지. 유진은 어깨를 떨고는 마침내 유미를 침대로 던지고 야수처럼 덮치기 시작했다. 한번 폭발한 야수의 본능은 거침없이 공격적이었다. 그동안 그는 어떻게 참고 있었던 걸까.

그는 육식동물이 희생자인 초식동물을 갖고 놀듯이 유미의 몸을 구석구석 뜯어 먹을 듯이 공략했다. 오래 굶주린 야수처럼 목숨을 걸고 포식하듯 섹스를 했다. 불을 켜지 않은 완전한 어둠 속에서 그는 짐승의 포효와도 흡사하고, 무언가를 체념한 인간의 흐느낌 같기도 한 묘한 신음 소리를 냈다. 유미는 그것이 섹스 자체만으로 느껴지진 않았다. 그의 표정을 알 수는 없지만, 왠지 그는 자신의 내부에서 엄청난 반란을 겪고 난 후 혁명과도 같은 섹스를 하고 있는 것 같았다. 이 섹스가 단지 쾌락의 몸부림이 아니라 무언가 치명적인 대가를 치르게 될 사랑의 전주곡처럼 느껴졌다. 그 느낌을 두 사람이 고스란히 공유하고 있다는 느낌. 그것이 또 확신처럼 느껴지는 것이었다. 그 섹스는 차라리 장렬했다.

온몸이 아프도록 공략을 당한 유미가 지쳐 떨어질 즈음에 그는 연달아 두 번 사정하고는 유미의 가슴에 얌전하게 머리를 묻었다.

"미안하다."

"……?"

유미의 젖가슴 위에서 그의 입술이 천천히 뜨거운 입김과 함께 움직였다.

"충동 때문이 아니었다. 오래 생각했어. 후회하느니 차라리 죽는 게 낫다는 생각이었다."

유미는 대답 대신 그의 머리를 쓰다듬어 주며 화제를 돌렸다.

"악몽을 꿨어요?"

"으음, 가끔 그래."

"무슨 힘든 일 있어요?"

"이게 힘든 일이지. 너를 보호해야 할 놈이……."

"복무규정을 어겨서?"

유미가 웃으며 물었다. 그러나 유진은 대답하지 않았다. 한참 후에 그가 다시 입을 열었다.

"이젠 너를 보호해 줄 수 없을지 몰라. 어쩌면 나 자신까지도. 하지만 어쩔 수 없다는 생각이 들어."

"아이, 그게 무슨 말이야?"

"넌 몰라도 돼. 그런데 나 지금 너무 편안해."

"그럼 된 거 아냐?"

"그래, 그럼 된 거겠지. 나 이렇게 편해도 되는 거겠지……."

유진이 서서히 잠으로 빠져들었다. 좁은 싱글 베드에 포개어 누운 유진의 몸이 무거웠지만 유미는 가만히 있었다. 이상하게 몸은 무거운데 유미 또한 편안하고 달콤한 잠으로 빠지려 했다. 갑자기 유진이 유미를 안고 몸을 뒤집었다. 이제는 유미가 유진의 몸 위에 올라가 있게 됐다.

"가지 마. 우리 이렇게 함께 잠들자. 이렇게 죽어도 좋을 거 같다."

유진이 자신의 몸 위에 누운 유미를 꼭 안았다. 달콤한 잠이 밀려들었다.

포개어 잠들었던 두 사람은 곧 아침이 밝자 그대로 안고는 부드러운 섹스로 새날을 열었다. 두 몸의 움직임은 폭풍과 해일이 지나간 평온한 아침 바다의 물결 같았다. 서로 아무 말도 하지 않았지만, 유미는 아침 햇살이 비치는 유진의 눈에서 처음으로 '사랑'이란 감정의 단어를 읽었다. 유미는 가슴이 따스해지고 먹먹했다. 이유진이란 남자를 만난 지 1년 4개월이 지난 시점이었다. 외로운 땅, 프랑스에 와서 그 세월 동안 에둘러 먼 길을 돌아 마침내 그의 가슴에 둥지를 틀 수 있게 된 것이다. 그렇게 치명적인 운명이 시작되었던 것이다…….

오, 로즈(Oh, Rose)

사람의 운명은 묘하다. 너무나 강렬하게 원하고 집착하는 것은
대체로 운명에서는 허락되지 않는다. 운명이 끌고 밀어 당기는 자력
은 묘하다. 그래서 인생은 드라마틱하다. 달도 차면 기우는 법. 보
름달은 절정이고 충만이지만, 한편으로는 불안이고 추락이다. 고독
에 몸부림치던 외롭던 유학 시절, 마침내 유미는 이유진의 몸과 마
음을 쟁취했지만, 그리고 그것이 사랑이라고 믿었지만, 그것은 오히
려 더 치명적인 독을 내포하고 있었다. 배신과 절망이라는……. 그
러나 인생은 돌고 돌며, 과거의 교훈은 헛되지 않다. 현재 윤동진에
게서 받은 배신과 절망으로 은둔과 추락의 시간을 보내고 있는 유
미는 이제 다시 보름달처럼 충만과 절정을 향해 부풀어 오르고 싶
다. 인생에 절대적인 강자는 없다. 인생이라는 파도를 타기에 능한,
순발력 강한 사람은 있을지라도. 유미는 자신의 생에 그렇게 자기
암시를 하며 그 옛날 이유진의 아파트를 나와서 다니엘의 아파트로

옮겨 갔다.

다니엘은 친절했다. 게다가 다니엘의 복층 아파트 위층은 쾌적하고 독립적인 공간이었다. 약속한 대로 유미는 아침에 눈을 뜨면 아래층으로 내려와 그와 마주 앉아 아침 식사를 함께했다. 유미와 함께 아침 식사를 하며 그는 즐거워했다. 그는 그것을, 돈은 많지만 '가정적인 행복감'을 제대로 누려 보지 못한 자의 소박한 행복이라고 표현했다. 오랜 독신 생활에서 오는 외로움을 다니엘은 그렇게나마 잠시 보상받고 싶어 했다. 물론 밤의 외로움까지 유미가 책임질 필요는 없었다. 그의 유부녀 애인 소피는 일주일에 두 번 월요일과 목요일 저녁에 들렀다. 그들은 집에서만 만나는 눈치였다. 함께 식사를 하고 다니엘의 방으로 들어가서는 11시 전에 반드시 나왔다. 그녀와 함께 저녁을 먹은 적도 있다. 40대의 다소 통통한 몸집의 그녀는 겉으로는 매력적인 웃음을 머금고 있었다. 하지만 유미를 바라보는 눈길은 마뜩지 않아 보였다. 질투와 불안이 뒤섞인 나이 먹은 여자의 우아하고 위선적인 얼굴을 보며 유미는 그녀가 오는 날이면 가능한 한 제 방에서 두문불출했다.

아니나 다를까. 어느 날, 아침 식사 자리에서 커피를 한 모금 마시며 다니엘이 조심스레 말했다.

"소피가 당신을 보고 장미처럼 아름답대요."

"고맙다고 전해 주세요."

다니엘의 표정이 묘했다.

"그래서 말인데……."

"괜찮아요. 말씀하세요. 제가 이곳에 있어서 불편하시죠. 소피의 마음 이해해요."

유미가 눈치껏 찔러보았다.

"그게…… 명분 없이 젊은 여자를 집에 들였다고 말이죠. 여자의 질투라고나 할까."

"그럼, 간단하네요. 제가 나가면 되겠네요."

"아니, 그럴 순 없고."

난 밤의 쾌락만큼 아침의 상큼함도 놓칠 순 없어. 유미는 다니엘이 어쩐지 속으로 이렇게 말하는 것처럼 느껴졌다.

"그럼 어쩌죠?"

"명분을 만드는 겁니다. 두 가지 방법이 있어요. 내가 우리 갤러리의 아시아 마케팅 담당 직원으로 유미를 스카우트했다고 소피에게 말했거든요. 그러니 우리 갤러리 명함 하나 박고, 일주일에 한두 번 갤러리에 얼굴을 내밀어 줘요. 전에 못생긴 미국 출신 여직원을 우리 집에 기거하게 해 준 선례가 있거든. 사업상 일은 소피가 간섭 안 하니까."

들고 보니 오히려 잘된 일이었다. 안 그래도 다니엘과 모양 좋게 사업상 관계를 트고 싶었는데 말이다. 그때 다니엘이 다시 입을 열었다.

"그런데 이건 사적인 부탁인데……."

"사적인 부탁요……?"

유미가 묻자 다니엘의 귓불이 발개졌다. 서양 남자는 부끄럼을 잘 타는 걸까, 아니면 피부가 희어서 그럴까. 그는 말할 때면 자주 귓불이 발개졌다.

"그래요. 혹시 남자 친구 없어요?"

"무슨 말씀이신지……?"

이 남자가 본격적으로 작업을 거는구나. 유미는 살짝 긴장되었다.

"예, 없어요."

유미는 솔직하게 말했다. 프랑스에 온 지 얼마나 되었다고 남자 친구가 있겠나.

"하나 만들어요."

"예?"

"그러니까 차라리 하나 만들어요. 그리고 위층에 가끔 데리고 와도 좋아요."

"……?"

자기랑 사귀자는 얘기가 아니었어?

"소피에게 로즈, 아, 이건 당신을 우리끼리 부르는 이름이에요."

그러고 보니 두 사람에게 유미는 도마에 자주 오르는 화제인가 보다. 두 사람이 장미라는 뜻의 '로즈' 앞에 혹시 '썩은'이나 '벌레 먹은' 같은 수식어를 붙일지도 모르지만, 지금은 그냥 '로즈'라는 별명이 듣기에 좋았다.

"내가 소피에게 로즈는 애인이 있다고 했거든요."

이거 무슨 소리야. 이 남자, 어린애가 엄마를 찾듯이 말끝마다 소피, 소피…… 결국 소피 때문이란 말이야? 소피인지 소변인지 때문에 내가 개피를 보게 생긴 거야? 완전 바리케이드를 치는구나.

"그랬더니 함께 식사나 하자고 하더라고. 데리고 올 남자 없어요?"

공인 인증을 해서 면죄부를 받겠다는 얘기군. 유미는 소피의 눈치를 보면서도 자신을 곁에 두고 싶어 하는 다니엘이 고맙기도 하고 씁쓸한 기분이 들기도 했다.

"그러죠, 뭐. 어쩌면 곧 남자 친구가 한국에서 올 거 같거든요."

유미는 흔쾌히 대답했다.

"다음 주 목요일쯤 어때요?"

마침 다음 주에 출장을 오기로 되어 있는 용준을 염두에 두고 유미가 약속을 잡았다.

"좋아. 내가 목요일 저녁에 초청하죠. 남자 친구랑 우리 집에서 함께 지내도 좋아요. 위층에 방을 하나 더 내줄게요. 그냥 남자 친구랑 함께 있는 걸 한 번만 소피에게 보여 주면 됩니다."

소피에게 내 존재를 안심시키기 위해 인증 샷이라도 찍어야겠네. 오늘따라 커피 맛이 더 쓰게 느껴졌다. 순간 다니엘이 밥맛없다는 생각이 들었지만, 지금은 찬밥 더운밥 가릴 처지가 아니다. 사실 다니엘은 알면 알수록 더 가까이해야 할 사람이었다. 그는 생각보다 유명한 그림들을 많이 소장하고 있었다. 기업을 해서 재벌이 아니라, 프랑스에서는 이렇게 그림을 많이 소장하고 있고 그것을 판매하는 일을 하는 다니엘 같은 사람이 알짜 부자다. 다니엘은 유미에게는 어쩌면 언덕, 아니 태산 같은 존재가 될 수도 있었다. 소피라는 방해물이 있지만, 그래서 더 안전하고 좋은 관계를 맺을 수 있을 것이다.

유미는 내친김에 다니엘의 조언에 따라 '다니엘 뒤 시엘 갤러리' 로고를 박아 넣은 명함을 찍었다. 장미를 떠올리게 하는 명함이었다. 이 명함을 받은 사람들은 유미를 보고, 릴케처럼 "Oh, Rose!"라고 감탄하며 부르게 될 것이다. 유미가 명함에 자신의 영자 이름인 'Oh, Yumi' 대신에 'Oh, Rose'라는 이름을 새겨 넣었기 때문이다. "내가 그의 이름을 불러 주었을 때 그는 나에게로 와서 꽃이 되었다"는, 어느 시인이 쓴 「꽃」의 시구처럼 누군가의 가슴에 장미로 남으면 좋지 아니한가. 게다가 꽃 이름을 딴 프랑스 여자 이름을 쓰는 게 세계적인 무대에서는 훨씬 더 득이 될 것이다.

때마침 용준에게서 전화가 왔다. 용준은 좀 상기된 목소리로 이번 주 일요일 파리에 도착할 거라고 말했다. 앞으로 출장이 잦아질 거 같다는 말도 했다. 관장인 강애리는 임신으로 당분간 해외 출장을 자제할 것이며, 윤동진이 결정적인 시기에 그림 수집 관련 출장을 가게 될 것으로 보인다고 했다. 유미는 이미 용준에게서 윤조미술관의 작품 구매 희망 리스트를 받아 놓았다.

"쌤, 저를 좀 도와주세요. 그림 수집 능력을 인정받으면 제가 수석으로 승진하는 데 문제없다고 강 관장이 부추깁니다."

"그럼, 내가 박용준을 안 도와주면 누굴 돕겠어. 다만 난 전면에 절대 안 나타날 거니까 보안 유지해야 하는 건 명심하고."

"당근이죠. 저도 그게 더 좋아요. 그래야 저의 능력이 더 돋보이니까요."

출세의 유혹에 용준은 눈이 어두워진 것이다.

"체류 일정은 어느 정도지?"

"일단 일주일 정도인데, 더 연장할 수 있어요."

"그럼 일단 다음 주 목요일 저녁 시간을 비워 둘 수 있어?"

"그럼요. 시간은 제가 조정하기 나름이죠. 사실 이번 출장은 일단 기초 작업만 해도 괜찮아요."

"알겠어. 나도 나름대로 준비하고 있으니까. 일단 와서 의논하자고."

"유명 화랑과 연결되었다니 쌤만 믿어요."

"뭐 누이 좋고 매부 좋은 거지."

"그래도 난 누이는 싫은데…… 참, 윤 이사와 강 관장 결혼식이 이번 주 토요일이에요."

"그래……!?"

예상한 일이지만 기분이 묘해졌다. 유미는 전화를 끊었다. 결국 두 사람은 결혼을 하게 되는구나. 윤동진은 그 이후 유미에게 메일 한 통조차 보내지 않았다. 지난날에 함께했던 윤동진과의 모든 추억이 문득 파노라마처럼 머릿속에 펼쳐졌다. 사람의 인연이라는 게 참! 죽을 듯 살 듯 매달리다가도 결혼이라는 괴물의 아가리에 들어가면 어쩔 수 없는 건가. 그에게 결혼은 빠져나오지 못할 구속일 것이다. 결혼이라는 수갑에 묶이고 체인에 감긴 채 가면을 쓰고 고통받게 될 그의 모습이 떠올랐다. 외면상으로는 그가 즐기는 성적 취향과 비슷하지만, 윤동진은 분명 강애리와는 성적으로 맞지 않을 것이다. 그러나 경제적 협업의 관점에서는 나쁘지 않은 결혼이다.

모든 여자의 이상적인 결혼은 돈과 성의 결합일 것이다. 만약 둘 다 여의치 않을 때는 보통 성을 포기할 것이다. 유미 또한 윤동진을 만날 때 그런 생각을 했었다. 그러나 유미는 이제 돈과 성이라는 무기를 각각 양손에 쥐고 싶다는 생각을 하게 됐다. 돈이 목적일 때

는 성이 수단이 되고, 성이 목적일 때는 돈이 수단이 되는 그런 상
호 보완적인 무기를…… 그렇게 양손에 쌍권총을 쥔, 힘 있는 여자
가 되고 싶다.

용준이 보낸 리스트는 확정적인 게 아니고 그야말로 희망 리스
트라고 했다. 상황에 따라 얼마든지 유동적일 수 있다고 했다. 그런
여지가 있기 때문에 현지에 용준을 파견해서 구매 상황을 알아보
려는 것이다. 유미는 진작 다니엘에게 그 리스트를 보여 주었다. 다
니엘은 작품들을 갖고 있는 화가들과 소장가들, 또는 경매 회사의
계획 등을 알려 주겠다고 약속했다. 리스트에는 다니엘이 소장하고
있는 작품도 꽤 있었다.

그런데 다니엘이 소피가 다녀간 목요일 밤에 유미에게 술 한잔하
러 아래층으로 내려오지 않겠느냐고 전화를 해 왔다. 이렇게 늦은
밤에 호출이라니. 그것도 소피가 다녀간 밤에……. 사실 아침 시간
이외에는 다니엘과 부딪칠 일이 거의 없었다. 불가근불가원(不可近
不可遠)의 법칙을 고수하고 있는 유미였다.

유미는 망설이다 아래층으로 내려갔다. 가정부가 잠들었는지 조
용한 아래층 거실에서 다니엘이 유미를 맞았다. 그는 편안하게 나
이트가운을 입고 있었다. 그의 얼굴이 다소 상기돼 있어서 유미는
살짝 긴장되었다.

"혼자 위스키를 한잔하고 있었어요. 로즈, 한잔할래요?"

다니엘은 '오, 로즈'로 명함을 찍은 이후부터 유미를 아예 그렇게
부르기 시작했다.

"예……."

"실례가 안 된다면 내 방에 가서 한잔합시다."

"예······?"

유미의 의아한 표정이 걸렸는지 그가 웃으며 말했다.

"보여 줄 게 있어서 그래요."

"무엇을?"

"답은 30초 후 방에 들어가 보면 알게 될 거예요."

다니엘의 침실로 들어가는 게 좀 불안했지만 호기심이 동한 유미는 다니엘을 따라서 그의 침실로 들어갔다. 다니엘의 침실은 한번도 구경한 적이 없었다. 게다가 소피가 다녀간 터라 침실의 분위기가 야릇할 것 같아서 일순 긴장감이 들었다. 안으로 들어가 보니, 방 안의 구조는 작은 아파트 실내를 옮겨 놓은 것처럼 보였다. 문을 여니 작은 응접실이 나왔다. 간단한 술상이 탁자 위에 차려져 있었다. 그 방을 통과해야 침실과 욕실이 있는 듯했다. 그런데 단단한 금속으로 된 문이 하나 보였다. 대형 금고인가? 유미가 의아해하자 다니엘이 말했다.

"그림 창고예요."

다니엘이 유미에게 위스키를 따라 주며 말했다. 다니엘이 잔을 들어 유미에게 권했다. 유미가 한 모금 마셨다. 식도가 타는 듯한 강렬한 자극을 주는 목 넘김이 좋아 유미는 기분이 좋아졌다. 다니엘이 턱짓을 하며 말했다.

"로즈가 사고 싶어 하는 그림이 저 안에 몇 점 있어요. 나는 이 방에서 누군가에게 사적으로 그림 창고를 열어 보여 준 적이 없소. 소피에게조차도. 로즈가 원한다면 저 창고를 개방할 겁니다."

"개방한다는 것은 무슨 뜻인가요?"

"어떤 식으로든 로즈를 도와줄 준비가 되어 있다는 얘기입니다. 사람들은 저 그림들의 재산 가치에 대해 이야기하지만, 그림은 내게 다른 의미입니다. 내게 말을 걸지 않는 그림은 의미가 없어요."

"그림이 말을 걸다니요?"

"내게, 또는 내 인생에 영감을 주는 그림을 나는 사랑한다는 의미입니다. 내가 유산으로 물려받은 그림이 많지만, 개중엔 사랑하지 않는 그림도 많지요. 우리 집은 대대로 화상(畵商) 집안이거든요. 고미술도 많고요. 즉, 내가 사랑하지 않는 그림들은 내게는 아무 가치가 없다는 겁니다. 그래서 내가 사랑하는 사람에게는 무료로, 또는 선물로 줄 수도 있다는 이야기입니다."

"소피에게도 선물로 많이 주셨겠네요."

"아직 주지 않았습니다. 소피가 그런 기대를 하기 때문에 아직 내게서 떠나지 않는 건지도 모르죠. 그렇다면 슬픈 일이지만……."

다니엘의 표정이 우울해졌다가 밝아졌다.

"그런데…… 언제부턴가 새로운 변화가 나타났어요."

다니엘이 자리에서 일어났다.

"일어나요."

다니엘이 유미를 보며 부드럽지만 단호하게 말했다.

"침실로 가요."

다니엘이 성큼성큼 침실로 들어갔다. 유미는 갑자기 황당해졌다. 침실로 가자고? 이게 무슨 노골적인 유혹인가? 그림 얘기를 하다가 갑자기 왜? 내가 그의 말을 잘 이해 못 한 거 아닐까? 유미는 그런 생각을 하며 엉거주춤 그를 따라 침실로 들어갔다. 널따란 침대 위에 붉은빛 시트가 어지럽게 널려 있었다. 유미는 문득 소피와 다니엘이 저녁 내내 '레슬링'을 했을 모습이 짐작되었다. 유미가 그곳에 신경 쓰고 있을 때 다니엘이 말했다.

"여길 봐요."

다니엘은 침실 벽에 걸린 그림을 가리켰다. 어딘지 낯이 익은 그림이었다. 반라의 동양 여자가 돗자리 위에서 무릎 꿇고 엎드려 작고 검은 경대로 손을 뻗어 거울을 보고 있는 그림이었다.

"「검은 거울을 보는 일본 여자」란 그림이오. 발튀스의 그림이지요."

"아, 발튀스!"

사춘기 소녀나 묘령의 여자의 에로틱한 모습을 독특하고 연극적이고 환상적인 모습으로 그리는 화가. '롤리타콤플렉스'가 있을 거 같은 프랑스 화단의 대가.

"저거 오리지널인가요?"

유미가 놀라 물었다.

"당연히! 발튀스는 우리 할아버지의 친구였소. 우리 할아버지는 유명한 화상이었지. 그는 동양, 특히 일본에 심취했소. 발튀스는 50이 넘어 일본 여자와 결혼했어요. 아마도 저 여인은 발튀스의 아내인지도 모르지. 그런데 내가 왜 창고에서 저 그림을 꺼내 걸었는지 알아요?"

유미는 고개를 저었다.

"내가 당신을 처음 만난 날, 당신의 미소에 대해 이야기하지 않았소? 동양 여인의 신비로운 미소에 대해……."

"그랬쇼."

다니엘의 귓불이 발개졌다. 그가 진지하게 설명했다.

"당신을 만나고 와서 당신의 단아한 모습이 자꾸 떠올랐소. 난 그림을 통해 사랑의 이미지를 상상하고 연출하는 게 좋아요. 소피는 르누아르 그림에 나오는 금발의 희고 살집이 좋은 나부를 닮았지. 한동안은 내 침실을 르누아르 그림으로 장식했어요. 당신을 처음 만나고 나서 창고를 뒤지는데 저 그림이 내게 말을 걸어왔소."

다니엘의 말을 들으니 묘한 기분이 들었다. 그런데 그가 이번에는 욕실로 향했다. 욕실 복도에 걸린 그림을 그가 가리켰다. 한 여인이 욕실에서 옷을 벗은 채 머리에 손을 올리고 거울을 향해 서 있는 그림이었다.

"역시 발튀스의 「욕실」이란 제목의 그림이오. 그런데 이건……."

그가 다시 얼굴이 발개졌다.

"당신이 술에 취해 처음 우리 집에 와서 잠든 날, 그날 아침에 내가 위층, 위층 방의 욕실 거울 앞에 서 있던 당신을 우연히 보게 되었지. 그래서 그 흥분을 떠올리며 건 거요."

유미는 그날의 그 민망했던 조우를 기억했다. 다니엘의 이런 말을 어떻게 받아들여야 하는 걸까? 독특한 사랑의 고백? 아니면 인생의 어느 순간을, 소장하고 있는 대가들의 그림에다 감정이입을 할 수 있는 그의 방대한 컬렉션 능력? 요컨대 그의 독특한 감수성과 재력? 여태 만나 본 적 없는, 한국에는 없는 별종이다. 그러나 다니엘이 자신에게 호감을 갖고 있다는 건 명백해졌다. 좋은 징조다. 그런데 이 그림들을 침실에 걸고 유미를 부른 이유는 뭘까?

갑자기 그의 입에서 결정적인 고백을 듣고 싶다는 조바심이 생겼다. 그러나 그는 말을 돌렸다.

"에로티시즘은 진정한 감각이 아니오."

알 듯 말 듯 한 말을 했다. 유미가 고개를 갸웃하자 다니엘이 정확한 문장을 구사하려는지 집중하기 위해 양미간을 찌푸렸다.

"음, 로즈는 내게 영감을 주는 사람이오."

이건 또 무슨 말이야? 예술가도 아닌 화상 주제에 영감(靈感) 타령을 하는 불란서 영감을 보고 있자니 더 답답해졌다. 유미는 궁금한 걸 단도직입적으로 물었다.

"아까 저를 도울 준비가 되어 있다는 건 무슨 말이죠?"

다니엘이 유미를 보고 허를 찔린 듯 말했다.

"유미를 어떤 식으로든 사업적으로 도와줄 준비가 되어 있소. 그건 뭐 그리 어려운 일이 아니니까. 다만 한 가지 조건이 있어요."

"그게 뭐죠?"

"……."

다니엘이 망설였다.

"설명하기 곤란한데…… 기회가 되면 얘기할게요. 당신은 내 삶에 영감을 주는 사람이니까……."

"영감요?"

"그래요. 자극이라 해도 좋소."

"좋아요. 서로 필요한 것을 주고받으면 되죠."

"으음, 그래요."

다니엘이 웃었다.

"난 예술의 세계를 사랑해요. 그건 상상의 세계니까. 이 각박한 현실을 직시하는 건 끔찍하니까."

"그러시겠죠. 저도 뭐든 상상하는 걸 즐겨요."

유미도 맞장구를 치며 말했다.

"다니엘을 만난 건 정말 행운이라고 생각하고 있어요."

"오, 그건 나도 그래요. 조만간 필요하다면 내 그림들을 한번 보여 주겠소."

"예, 저도 보고 싶어요. 그리고 정말 저를 도와주세요."

다니엘이 웃으며 고개를 끄덕였다. 유미는 프랑스식 볼 인사를 나누며 그와 헤어졌다. 그의 볼은 끈적하고 뜨거웠다. 위층으로 올라온 유미는 다니엘과 나눈 대화를 다시 곱씹어 보았다.

"내게, 또는 내 인생에 영감을 주는 그림을 나는 사랑한다는 의미입니다. 내가 유산으로 물려받은 그림이 많지만, 개중엔 사랑하지 않는 그림도 많지요. 우리 집은 대대로 화상(畵商) 집안이거든요. 고미술도 많고요. 즉, 내가 사랑하지 않는 그림들은 내게는 아무 가치가 없다는 겁니다. 그래서 내가 사랑하는 사람에게는 무료로, 또는 선물로 줄 수도 있다는 이야기입니다."

영감을 주는 그림들을 사랑한다 했는데, 내가 자기에게 영감을 준다면서, 그럼 나를 도대체 사랑한다는 거야, 뭐야? 그 부분은 전혀 명백하게 밝히지 않았다. 사랑하는 사람에게는 그림을 무료로, 또는 선물로 줄 수도 있다고? 낚시용 멘트 아닐까? 그가 내게도 그

림을 선물로 줄까? 하지만 내게 어떤 식으로든 사업상 도움을 줄
용의가 있다고 했지. 그런데 한 가지 조건이 있다고 했다. 그게 뭘
까? 내가 큰돈이 없다는 건 잘 알 테고, 내게서 바라는 게 뭘까?
나 같은 여자에게 성을 바라는 건 당연할 텐데. 그의 눈빛은 성 상
납을 바라는 자의 끈적하고 노골적인 눈빛이 아니었다. 그게 좀 어
렵다. 단순하고 쉬운 거래라면 그런 걸 상상할 수밖에 없을 텐데.
다니엘의 말은 모호하며 무언가 여지를 두었다. 유미는 다니엘의
조건에 대해 이런저런 상상을 해 보았다. 그것이 다니엘만의 유혹
의 한 방식이라는 건 부인할 수 없다. 어쨌거나 유미는 기분이 들떴
다. "사랑하는 것은 사랑받느니보다 행복하나니라"란 시구가 있다.
분명한 건, 유혹받는 것은 유혹하는 것보다는 행복하다는 것이다.

　용준이 파리에 도착할 날이 다가오자 유미는 다니엘에게 용준
이 왔을 때 만나야 할 사람들을 소개해 달라고 부탁했다. 다니엘
의 주선으로 경매 회사의 간부와 잘나가는 화랑 사장들과 저녁 식
사 약속을 잡게 되었다. 다니엘이 물밑 작업을 하고 용준이 일하는
YB그룹의 구매력이 결합하면 좋은 그림을 좋은 가격에 선점하는
건 그리 어렵지 않을 것이다. 그 그림들이 어떤 용도로 사용될지 모
르지 않지만, 일단 유미는 나서지 않고 음지에서 도와주기로 했다.
그건 작게는 용준을 도와주는 것이기도 하지만, 결국 유미에게 돌
아올 부메랑효과를 기대했기 때문이다.

　용준이 보내온 구매 희망 작품 리스트 중에는 요즘 한창 뜨는
팝아트 거장들의 작품이 들어 있었다. 제프 쿤스나 데미안 허스트,

로버트 인디애나의 작품들은 국내의 재벌 미술관에서도 탐내는 작품들이다. 윤조미술관에서 소장하거나 전시한다면 미술관의 가치를 높이는 시금석이 될 것이다.

유미는 다니엘의 집과 가까운 곳에 호텔을 예약하고 용준을 맞을 준비를 했다. 서울에서 어쩌다 가끔 만만한 섹스 파트너로 지냈던 용준과 이렇게 사업 파트너로 연결되다니. 그의 말대로 용준은 끝까지 유미를 지키는 보디가드가 될까? 사람의 인연은 알 수 없다.

일요일 저녁에 예정대로 용준은 파리에 도착했다. 커다란 선글라스를 끼고 마중 나간 유미를 용준은 금방 알아보지 못했다. 유미 또한 서울에서 보던 용준을 파리에서 보니 왠지 낯설었다. 배경에 따라 사람이 달라 보일 수 있다니.

"아, 이상해요. 쌤이 여기 있으니까 다른 사람 같아요."

"응, 안 그래도 다른 사람처럼 살기로 했어."

유미가 새로 찍은 명함을 꺼내 건넸다.

"오, 로즈!?"

"그래, 옛날의 오유미는 잊어."

몇 달 만에 만난 두 사람은 그렇게 서로 마주 보며 어색한 웃음을 지었다.

택시를 타고 시내로 들어오는 동안 용준은 차창에 얼굴을 대고 흥분했다.

"아, 내가 파리에 오다니! 파리바게트에 빵 사러 온 것도 아니고, 파리다방에 다방 커피 마시러 온 것도 아니고 진짜 파리에 오다니. 와! 저게 에펠탑? 밤에 보니 금사(金絲)로 만든 작품 같네요. 조명

끝내준다."

시내에서 저녁을 먹는 동안 유미는 용준의 스케줄을 점검하고 미팅을 코디했다.

"작품 구매는 요번에는 길을 터놓는다는 생각으로 온 거고요. 사실 쌤도 보고 싶고 겸사겸사 왔어요. 리스트는 희망 사항이고, 미술 시장의 동향을 살피러 온 게 주목적이에요. 강 관장도 첫술에 배부르랴 그랬어요."

"작품 구매는 돈이 있다고 하루아침에 되는 게 아니야. 특히 거장들 작품은 인맥도 쌓고 신뢰도 주고 해야 원하는 걸 손에 넣을 수 있지."

"제프 쿤스 작품은 요즘 국내에서도 화제예요."

미국의 유명 미술가 제프 쿤스는 앤디 워홀이나 마르셀 뒤샹의 뒤를 이은 최고 수준의 팝아티스트로 평가받는다. 그는 헝가리 출신의 포르노 스타 치치올리나와 1991년 부다페스트에서 결혼했다. 그녀는 애정당을 만들어 이탈리아 정계로 진출해 국회의원에 당선돼 정치에도 입문한 여자다. 결혼 당시 천재 미술가와 포르노 스타의 결혼은 그 자체가 화제였다. 두 사람은 여기에 한술 더 떠 결혼식을 치르자마자 세계를 돌며 충격적인 전시회를 열었다. 일명 '메이드 인 헤븐(Made in Heaven)'이라는 제목을 내건 전시회 작품 중에는 제프 쿤스가 자기 부부의 실제 성행위 모습을 촬영한 사진도 들어 있었다. 어떤 사진은 성기까지 노출돼 사람들을 기겁하게 했다.

"제프 쿤스는 인생 자체가 화제고 예술이었지."

유미는 그 말을 하면서 이유진을 떠올렸다. 이유진은 제프 쿤스를 한때 자신의 롤 모델로 생각했다. 유미를 사랑하게 되자 이유진은 유미가 제2의 치치올리나가 되길 원했다. 유미의 동영상을 찍을 때도 이유진은 자신의 예술적 취지를 설명했다.

"예술과 외설의 경계는 위험하고도 모호하지만 난 예전부터 그걸 늘 꿈꿨어. 그런데 제프 쿤스가 벌써 10년 전에 그걸 보여 줘 버린 거야. 그 이후는 모두 아류에 불과한 거지."

이유진이 입맛을 쩝 다시고는 말했다.

"하지만 두 사람은 실제 섹스 사진 전시회 이후에 함께 포르노도 찍기로 했지만 그러지 못했어. 우리가 그걸 해내는 거야. 육체를 오브제로, 세상에 그야말로 천국을 보여 주는 거야. 예술은 그런 천국에서 자연스레 나오는 거지. 그게 바로 내가 꿈꾸는 천국 같은 섹스고 예술이야. 트루 섹스 메이드 인 헤븐(True sex made in heaven)……."

유미가 이유진 생각에 잠깐 빠져 있을 때 용준이 말했다.

"어떡하든 제프 쿤스의 「강아지」나 「하트」, 이런 거라도 하나 계약하면 좋은데……."

요즘에 제프 쿤스는 예전의 노골적인 섹스를 담은 작품보다는 크리스마스 장식품을 확대한 것 같은 대형 하트로 더욱 주가를 올리고 있다.

"제프 쿤스는 이제 좀 진부하고, 팝아티스트 중에서 데미안 허스트 같은 작가의 좀 쇼킹한 작품이 더 화제가 되지 않겠어?"

영국 작가인 데미안 허스트는 런던의 크리스티 경매 회사에 근무하는 자신의 아들과 선이 잘 닿을 거라는 다니엘의 말을 떠올리며 유미가 용준에게 조언했다.

"아, 너무 엽기적이고 잔혹하지 않아요? 해골바가지에 다이아몬드 잔뜩 박은 작품도 그렇고."

"센세이셔널하고 철학적이잖아."

"또라이랑 예술가는 한 끗 차이 같아요."

"현존하는 작품 값 최고의 살아 있는 전설이야. 하긴 그 해골이 1억 달러니 윤조미술관이 살 능력이나 되겠어?"

"작품만 구할 수 있으면야, 뭐. 참, 쌤! 일정이 어떻게 되죠?"

"실력자들을 미팅에 포진해 놨으니 이번에 한번 만나 봐. 내가 또 여기서 물밑 작업 하며 도와줄 거니까 그렇게 알고."

"쌤은 정말 대단해요. 고마워요. 참 어제 강 관장과 윤 이사 결혼식 올린 거 얘기했던가요?"

"응, 알고 있어."

유미는 사실 어제 인터넷을 뒤적거려 보았다. 그러나 결혼식이 비공개리에 진행된다는 짧은 기사만 겨우 발견할 수 있었을 뿐이다.

"거기 참석했겠네."

"결혼식 참석하고 바로 왔어요. 윤 이사의 얼굴이 밝아 보이지는 않았어요. 강애리야 입이 귀에 걸렸지만."

"그 커플 신혼여행 갔겠네."

유미가 시큰둥한 척 물었다.

"강애리도 임신한 몸이고 윤 이사는 또 곧 해외 출장이 잡혀 있어서 제주도에서 주말 보내고 오는 게 신혼여행인가 봐요."

유미는 용준과 그런 이야기를 나누는 게 탐탁지 않았다.

"피곤할 텐데 호텔에 가서 쉬어."

유미가 일어서자 용준도 따라 일어섰다.

유미가 용준을 호텔로 안내하고 나가려고 하자 용준이 유미를 붙잡았다.

"그냥 가시려고요?"

"시간도 늦었고 피곤하지 않아? 푹 쉬어. 내일 저녁에 중요한 약속도 있잖아."

용준이 머쓱해져서 코끝을 손가락으로 긁었다.

"난 쌤이 아주 반겨 줄 줄 알았는데……."

"나, 정말 반가워."

"전…… 아주 고프단 말이에요. 쌤도 아주 외로울 줄 알았는데……."

"인간이 동물과 다른 점은 식욕을 조절할 줄 안다는 거야."

"쳇, 결국 난 영원한 이인자네요."

"용준, 잘 들어. 우린 이제 섹스 파트너라기보다 사업 파트너 관계로 진행됐어. 용준도 원한 일이고. 오늘은 나도 이리저리 생각할 게 많거든. 섹스는 필요할 때 해."

"알았어요. 아직 시간이 있으니까, 뭐. 오늘 좀 피곤하긴 하네요. 푹 쉬고 최상의 컨디션을 만들어 놓을게요. 우리 옛날의 영화를 되찾자고요."

"알았어."

유미가 미소 지으며 용준의 어깨를 두드려 주었다. 용준이 섭섭한 표정으로 바라보자 유미는 용준의 이마에 살짝 키스를 하며 속삭였다.

"그래, 곧 옛날 실력 확인해 보자."

용준을 호텔에 두고 집으로 돌아온 유미는 마음이 좀 착잡했다. 용준의 말대로, 외롭고 고픈 건 사실이었다. 하지만 옛날처럼 섹스와 비즈니스를 짬뽕처럼 마구 뒤섞고 싶진 않았다. 모든 훌륭한 요리에는 레시피가 존재하듯이, 유미는 이제 욕망의 완벽한 레시피를 만들고 싶다. 이제는 욕망을 관리하고 매니지먼트해야 한다고 생각한다. 지금부터 용준과 비즈니스를 잘 해내려면 감정의 과잉은 금물이다. 모든 약은 적당히 쓰면 명약이 되지만 지나치면 독약이 될 수도 있다. 이건 조두식의 말인데, 가끔 그는 꽤 쓸 만한 말을 하기도 한다.

유미는 그래도 허전한 마음에 와인을 한 잔 가득 따라서 거실 소파로 와서 앉았다. 창으로 초여름 파리의 청명한 밤하늘과 가로등에 비친 마로니에의 초록 잎이 무대장치처럼 보이는 아름다운 밤이다. 유미는 창을 열었다. 상큼하고 은밀한 밤의 미풍이 살랑댔다.

술을 세 모금 마시자 약간 기분이 들떴다. 입고 있던 원피스의 지퍼를 내리자 스르륵, 몸에서 흘러내렸다. 유미는 속옷도 벗고 소파에 길게 드러누웠다. 소파 위에 펼쳐 둔 이름을 알 수 없는 동물 모피의 갈색 털이 맨몸에 닿는 감촉이 싫지 않았다. 유미는 탁자 위에 놓인 깃털 부채를 집었다. 다니엘의 집은 고전적이고 복고적인 인테리어로 꾸며져 있어서 소품들 또한 명화 속처럼 예스러운 것들이 많았다. 와인을 마저 마시고 깃털 부채를 부치다가 깃털로 온몸을 부드럽게 쓸어 보니 마치 몸이 소프트아이스크림처럼 흘러내리는 기분이었다. 깃털이 몸의 예민한 곳을 부드럽게 자극하자 유미는 기분 좋은 신음을 흘렸다. 어떤 남자의 부드러운 애무보다도 더 달콤했다. 유미는 눈을 감고 저도 모르게 벌어지는 입술을 느끼며 달콤한 잠으로 빠져들었다. 그때 공기 중에 미풍의 가느다란 흔들림을 느낀 것 같았지만, 눈을 뜨긴 싫었다. 자신이 마치 명화 속에 들어가 주인공이 된 듯한 착각이 들었다. 다니엘 식의 감정이입이랄까. 절대로 그 그림 속에서 빠져나오고 싶지 않았다. 그런 달콤하고 부드러운 순간이 천국처럼 영원했으면 좋겠다는 생각이었다.

누군가의 기척이 살짝 느껴지는 것도 같았다. 하지만 유미는 아무래도 좋았다. 이 순간, 유미는 눈을 뜨고 싶지 않았다. 무언가 살짝 바람을 가르고 유미에게 다가왔다. 그리고 조용히 유미의 가슴으로 파고들었다.

얼마나 잤을까. 잠깐 눈을 뜨니 유미의 가슴에서 무언가가 꿈틀대더니 잽싸게 달아났다. 그건 다니엘이 기르는 페르시안 암고양이 슈슈였다. 눈이 짝눈이라 볼 때마다 신기한 슈슈는 사람에게 곁을 잘 주지 않는 편이었다. 슈슈가 위층에 올라온 걸 보니 혹시 다니엘이? 그러나 인기척은 없다. 시계를 보니 겨우 30분이나 지났을까. 유미는 조금 쌀쌀함을 느껴 창을 닫기 위해 일어섰다. 그리고 천천히 걸어서 창으로 갔다. 누군가의 시선을 의식하기라도 하듯 유미는 창가에 한동안 서 있다가 창밖으로 한껏 상체를 내밀었다. 거리에는 아무도 없었다. 유미는 어두운 거리를 보고 있었지만, 자신의 뒷모습을 의식했다. 상체를 내민 그녀의 도드라진 하얀 엉덩이가 하트 모양으로 눈앞에 탐스럽게 떠오르는 것 같았다. 문득 누군가의 시선을 의식하자 몸의 관절 곳곳이 오롯이 느껴졌다. 이상하게 자신이 마치 구체 관절 인형이라도 된 것 같았다. 몸의 부분과 관절 이 적나라하게 분리된 살바도르 달리의 초현실주의 그림이 떠올랐 다. 유미는 창에서 뒤돌아서서 허공을 향해 묘한 미소를 살포시 지 었다. 마치 인형은 아니라는 듯이……. 그러고는 거실의 불을 끄고 침실로 들어갔다.

아침에 아래층 식당으로 내려가니 다니엘이 기다리고 있었다. 그 는 좀 불안정한 표정으로 앉아 말없이 아침 식사를 했다. 유미는 묘한 분위기를 느꼈지만 조용하게 식사를 마쳤다. 갑자기 침묵하던 다니엘이 헛기침을 하더니 잠깐 할 얘기가 있다고 했다.

다니엘을 따라서 내실로 들어가니 분위기가 조금 달라져 있었 다. 그림을 보자 유미는 다니엘의 어색함과 침묵이 이해되었다. 그 림은 한 여인이 모피가 깔린 소파에 커다란 깃털로 음부를 가리고 나른하게 누워 있는 누드화였다. 어젯밤에 유미가 거실에서 취한 포즈와 흡사했다. 아! 그러니까…… 어제 공기의 흔들림은…… 내 직감이 맞았어.

다니엘은 얼굴이 발개진 채로 말했다.

"로런스 알마의 그림이오."

"그러니까 어젯밤……."

유미가 궁금한 눈길로 물었다.

"그래요. 미안해요. 어젯밤 당신을 몰래 훔쳐보았어요."

유미가 당혹한 얼굴로 바라보자 다니엘은 얼굴을 붉히며 고개를 끄덕였다. 유미는 왠지 그에게 핑곗거리를 제공해 줘야 그가 덜 미안해할 거 같았다.

"슈슈가 잠깐 제게 왔다 간 거 같았어요. 슈슈를 찾으러 올라오셨던 거죠?"

그러나 다니엘은 고개를 저었다.

"꼭 그렇다고 할 수는 없어요. 솔직히 말하면 당신을 훔쳐보고 싶었어요."

"……그랬군요."

유미가 어깨를 으쓱했다.

"로즈를 훔쳐보고 싶은 욕망이 늘 있었어요. 그걸 혹시 눈치채지 못했나요? 난 당신이 알고 있을지 모른다고 생각했는데."

"제게 관심이 있다는 건 알고 있었어요. 그런데 왜죠?"

이 남자, 소심하다고 해야 할지 남자답지 못하다고 해야 할지…… 왜 직접적으로 고백하지 않았을까? 유미는 그것을 묻고 싶었다.

"제게 말씀하시면 훔쳐보지 않으셔도 될지 모르는데 말이죠."

우는 아이에게 젖 준다는 속담도 있지 않은가. 유미가 돌려서 말하자 다니엘은 어깨를 으쓱했다.

"아뇨. 난 훔쳐보는 게 좋아요. 어젯밤에 당신의 모습을 보고 저 그림을 찾아 걸어 놓고는 밤새도록 환상에 젖었어요. 행복했어요."

관음증 환자인가? 그런 환자치곤 예술적인 심미안을 가졌다고 해야 하나. 갑자기 다니엘이 유미의 의표를 찌르듯 물었다.

"그런데 당신이 엉덩이를 내놓고 창가에 기댄 모습은 의도적이지 않았나요?"

"무슨 뜻이죠?"

"로즈는 창을 열고 무엇을 보았소?"

유미는 대답 대신 미소를 지었다.

"무엇을 보기 위해 창을 열고 내려다본 게 아니라 무언가를 보여 주고 싶었기 때문 아니었소? 마치 날 향해 보란 듯이."

"그래요. 저는 제 뒷모습을 보았어요. 아니, 누군가가 보는 제 뒷모습을 상상했어요. 당신은 그걸 보고 무엇을 떠올리셨나요?"

"당신의 뒷모습이 무척 말을 하고 싶어 한다는 걸 알았소. 사람의 뒷모습은 정직한 거요. 전에도 얘기했지만, 난 내게 말을 걸어오는 그림을 사랑해요."

"예, 알고 있어요."

"난 당신의 뒷모습에서 달리의 그림을 떠올렸소. 당신도 그런 의도 아니었소?"

유미는 대답 대신 미소를 지었다. 이 남자, 예리하다.

"로즈, 당신의 몸을 표현해요."

"어떻게 말이죠? 제 몸을 모델로 그림을 그릴까요?"

"그것도 좋은 방법이오. 기회를 봐서 일류 화가를 불러다 꼭 당신 몸을 그리도록 하겠소. 그리고 내가 그걸 소장할 거요. 난 당신의 몸이 표현해 내는 그 에너지가 좋아요. 하지만 그것보다 더 즉각적이고 간단한 게 있어요."

"그게 뭐죠?"

"……전에 얘기한 조건, 아니 부탁이라는 게 더 겸손한 표현이겠군."

다니엘이 한동안 입을 다물고 있다가 결심한 듯 입을 열었다.

"그래요. 부탁이 있어요."

"말씀하세요."

"당신을 훔쳐보게 해 줘요."

"이미 훔쳐보셨잖아요."

"이제부터 허락을 해 줘요."

"?!"

이 이상한 도둑질을 허가받고 하겠다는 건가? 유미는 이 괴팍한 프랑스 중늙은이의 청이 잘 이해가 가지 않았다.

"보상은 충분히 하겠어요. 난 언제부턴가 그림 이외에는 모든 게 시들해졌어요. 심지어 소피와의 관계도 그래요. 그런데 이상해요. 당신을 훔쳐보는 그것이 너무 설레고 흥분되었어요. 가슴이 설레는 이 기분, 이걸 정말 오랜만에 느껴 보니 행복했어요. 내가 살아 있다는 느낌이었어요."

"아마도 몰래 '훔친다'는 그것이 더욱더 흥분시키는 거겠죠. 그런데 이렇게 허락을 구하면 무슨 흥분이 생기겠어요?"

유미가 자신의 생각을 말했다.

"물론 그러기도 하겠지. 하지만 난 도둑이 되기는 싫어요. 도덕적으로 그건 용납 못 해요. 당신의 몸도 표현하고 싶어 하는 욕구가 있다는 걸 난 어젯밤 깨달았어요. 그러니 우리 협상합시다. 당신도 그게 편할 테니. 이건 비즈니스요."

유미는 황당했다.

"그럼, 당신이 생각하는 조건을 말해 보세요."

다니엘이 잠시 생각하는 눈치였다.

"위층과 당신의 방에 몰래카메라를 설치하도록 허락해 줘요."

아니, 이건 뭐야? 나를 훔쳐보는 게 아니라 감시하겠다는 거 아니냐? 유미는 기가 막혀 웃었다.

"이런 계약은 어떻소? 일주일에 두 번, 월요일과 목요일 밤 9시에서 10시까지 한 시간씩만 카메라를 작동하고 다른 때는 꺼 놓겠소. 못 믿겠으면 물론 스위치를 당신이 방에서 조절해도 되고. 또 얼마든지 합의를 해서 계약을 변경할 수도 있소. 당신은 그 시간에 자연스럽게 일상을 보내도 좋고 나를 의식하고 무언가를 해도 좋소. 그건 당신의 자유요."

"그 영상 자료는 어떻게 할 건데요?"

"그건 절대 유출하지 않을 거고, 당신이 원하면 언제든지 폐기할 거요. 그런 건 계약 사항에 쓰면 돼요."

"계약 조건은요?"

"전에 얘기했듯이 당신이 원하면 그림을 줄 수도 있소. 다른 보상을 원하면 상황 봐서 또 그렇게 해 줄 수도 있어요."

"너무 갑작스러운 제안이라 좀 황당하네요."

"만약 기분이 나쁘거나 모욕감을 느꼈다면 미안해요."

"제가 그 제안을 거절하면 저와 다시는 안 볼 건가요?"

"글쎄, 거기까진 생각해 보지 않았는데……."

"참 묘한 제안이네요. 그리고 무슨 전례가 있는 것도 아니고 너무도 주관적인 계약 조건이라 뭐라 말씀드릴 수 없네요. 제가 핍쇼의 쇼걸도 아니고……."

"그렇게 생각하면 오해하는 거요. 난 당신의 일거수일투족이 신비롭고 설레요."

유미는 다니엘의 눈을 똑바로 보고 물었다.

"다니엘, 당신의 욕망에 대해 솔직하게 말해 주세요."

다니엘이 머뭇거렸다.

"다니엘, 이렇게 생각해 보죠. 아름다운 그림을 보는 방법에는 두 가지가 있어요. 그냥 전시장에서 그림을 보는 것과 그 그림을 늘 볼 수 있게 사서 소장하는 방법, 이렇게 두 가지 말이죠. 이 두 가지 방법 중에 당신의 제안은 첫 번째 방법이죠. 당신이 소장할 수도 있는데 말이죠. 구매의 관건은 그 그림을 얼마나 욕망하느냐와 재력의 문제죠. 당신의 재력은 문제없을 거 같은데요. 그런데 당신은 나를 얼마나 욕망하죠?"

"내겐 소피가 있고, 아직 당신을 모르니까…… 그리고 그 예는 적절하지 않은 거 같소. 당신은 그림이 아니잖소."

"맞아요. 저는 그림이 아니죠. 저는 당신의 감정에 따라 제 몸의 표현이 달라질 수 있는, 저 역시 감정을 갖고 있는 여자라는 거죠."

"그래요. 그래서 난 두려웠던 거요. 당신이 단순한 그림이 아니니까. 분명한 건 난 당신에게 끌린다는 거요. 그리고 난 맛있는 사탕을 조금씩 아껴 먹고 싶은 소년의 마음이라는 거요. 지금은 그 감정이 내게 더없이 소중하다오."

다니엘이 노회한 건지, 위선적인 건지, 순수한 건지 유미는 감이 잘 잡히지 않았다.

"생각을 좀 해 보겠어요."

"알았어요."

"약속한 그림 창고는 언제 보여 주실 건가요?"

"아, 오늘 밤이라도 좋아요."

"그럼 언제라도 연락 주세요."

유미는 다니엘의 거처에서 물러났다. 그리고 잠시 곰곰이 생각해 보았다. 그의 복잡 미묘한 심리가 이해될 듯 말 듯 하다. 저 소심하고 복잡한 남자는 도대체 뭐지? 스스로 뭔가에 상처받지 않으려는 방어 심리가 강한 남자일까? 아니면 남자로서 능력이 시원치 않은 걸까? 아니면 애인 소피에 대한 정절? 아, 해골 꼬여. 오늘 밤 한 번 더 그를 탐구해 보자. 그러나 그의 제안이 흥미와 호기심을 자극하지 않는 것은 아니다. 좀 자존심이 상해서 그렇지, 어쨌거나 사업상 그는 꼭 필요한 인물이다. 그와의 거래를 트기 위해서 작은 계기가 필요하던 차에 그의 제안은 이상하긴 했지만 유미로선 크게 손해날 것도 없었다. 시작은 미미하지만 창대한 끝을 보아야 하지 않겠는가.

계약 조건이 문제가 아니다. 우선 다니엘이 내게 욕망을 느끼게 하는 게 급선무다. 그의 심리를 정확히 포착해서 적절히 '밀당'을 해야 한다. 비즈니스도 마찬가지다. 의외로 다니엘 같은 남자는 감정 싸움에 약한 부류인지도 모른다. 유명 화상인 조부 때부터 물려받은 유산으로 거부가 된 그에게 인생은 땅 짚고 헤엄치며 돈은 숫자에 불과하지 않을까. 맨손으로 땅을 파고 죽기 살기로 온갖 수단과 방법을 가리지 않고 자수성가해서 살아남은 윤 회장 부류와는 다를 것이다.

유미는 용준과 점심을 먹기 위해 외출 준비를 했다. 오후엔 다니엘에게 용준을 소개한 후 화랑을 둘러보고, 저녁엔 작년 윤조미술관에서 전시했던 몇몇 화가들과 저녁 약속이 잡혀 있었다. 그 화가들도 실력 있는 작가들이었지만 거장들에 비하면 잔챙이라고 할 수 있었다. 그러나 전시나 컬렉션을 위한 구색을 맞추기 위해서는 그들의 작품도 필요했다. 용준이 그들 잔챙이 화가의 작품을 보고 구매하는 데 도움을 주기 위해서 예술사 박사과정에 있는 마드무아젤 정이라는 유학생 한 사람을 통역으로 고용했다. 그녀가 용준의 관광이나 통역을 맡아 그를 상대하는 대신에 유미는 용준이 사고 싶어 하는 거물들의 작품, 그것은 결국 윤 회장이 원하는 작품이겠지만, 그것을 손에 넣기 위해 최선을 다해야 했다.

다니엘의 호출이 온 것은 저녁 식사 자리가 거의 파할 무렵이었다.

"용준, 미안. 일 때문에 중요한 상담이 있어서 들어가 봐야겠어. 마드무아젤 정이 통역해서 일 마무리해 주고 호텔에 데려다 줄 거야. 나중에 통화하자."

용준은 섭섭한 눈치였지만 비즈니스 때문이라고 하니 고개를 끄덕였다.

집에 도착해서 아래층으로 내려가니 다니엘이 기다리고 있었다. 소피는 없는지 침실 쪽은 조용했다. 다니엘이 둔중하고 커다란 철문을 열었다. 보안 키와 열쇠 등 몇 겹으로 잠겨 있는 문이었다. 계기판이 부착된 문이 육중하게 열렸다. 계기판은 그림 보관의 최적 습도와 온도를 조절하고 알려 주는 것 같았다. CCTV가 설치된 창고 안을 모니터링할 수 있는 화면도 있었다. 실내는 마치 낯선 세계로 통하는 터널처럼 여겨졌다. 조명이 켜지자 긴 회랑이 나타났고 거기엔 박물관을 방불케 하는 그림들이 닥지닥지 붙어 있었다. 군데군데 설치 작품도 보였고, 가운데 유리 진열장 안에는 조각 작품과 공예품이 진열되어 있었다. 또 다른 문을 여니 시대별로 작가별로 정리된 장이 보였다. 작품 수도 많았지만 눈에 띄는 작가와 작품도 입이 벌어질 만한 유명한 것이 많이 보였다. YB그룹에서 사고 싶어 하는 앤디 워홀의 「플라워」도 보였고, 리히텐슈타인의 작품도 눈에 띄었다. 물론 피카소나 미로, 달리, 모딜리아니, 클림트의 작품도 보였다. 유미는 요즘 한창 뜨는 현대미술의 꽃이라 할 수 있는 포스트 팝아트 계열의 작품에 대해 다니엘에게 물었다. 그게 대세이니 윤조미술관에서도 시장의 흐름에 따라 그런 작품들을 원하는게 당연했다. 다만 윤 회장만은 개인적으로 피카소나 고흐의 작품을 강렬하게 소장하고 싶어 한다는 소리를 용준에게 들었다.

"난 사실 요즘 팝아트는 별로예요. 몇 점 구색 맞춰 갖고 있을 뿐. 영국에 있는 우리 아들이 완전 그쪽 통이지. 뭐 꼭 필요하다면 내가 구입할 순 있지만, 너무 저속하고 천박해서 난 별로야."

"데미안 허스트의 작품은 없어요?"

"없어요. 그 작가는 분명 이야기가 있지만, 너무 노골적이고 잔인해. 대신에 20세기 유명 작가들의 모던한 그림은 누구 못지않게 갖고 있어요."

다니엘은 유미에게 몇 작품을 소개하고 자랑했다. 유미는 머릿속으로 그의 작품 목록을 대충 꿰고, 용준에게 연결해 줄 작품을 정리했다. 어쩌면 다니엘의 아들이 있다는 런던으로 가야 할지도 모르겠나.

"아드님은 어떤 작품들을 소장하고 있죠?"

"팝아트의 중요 작품 몇 점은 있을 거요. 자금 능력 면에서는 내가 딸리는 거보다 규모가 작다고 봐야지. 하지만 그 애는 나와 달리 사교적이라 인맥을 크루아상 반죽 주무르듯 하지. 언제 소개해 주겠소."

"대신에 다니엘은 아주 낭만적인 분이죠. 그림을 좋아하는 취향도 그렇고……."

유미가 그윽하게 웃으며 말했다. 다니엘이 고개를 크게 끄덕이며 만족스러운 미소를 지었다.

"잘 봤소. 그렇다고 할 수 있지."

"아아, 다니엘이 부러워요. 이런 멋진 그림들과 평생을 함께할 수 있으니."

"특별히 마음에 드는 그림이 있소?"

"글쎄요…… 잘 모르겠어요."

"왠지 갑자기 이런 그림이 그려지는군. 언젠가 내가 로즈를 다시여기에 데려와, 어디 한번 골라 봐요, 선물이야, 이렇게 말하는 그림."

"아, 그 그림 좋네요. 마음에 들어요. 그런 그림은 상상만 해도 행복해요."

유미가 행복에 겨운 표정으로 웃자 다니엘이 유미를 찬찬히 바라보았다.

"당신의 행복한 모습은 분명히 나도 행복하게 해 줄 거요."

이럴 때 보면 다니엘의 표정은 아이 같다. 유미가 결심한 듯 입을 열었다.

"다니엘, 원하신다면 제 방에 카메라를 설치해도 좋아요. 다만 작동하는 건 제가 하겠어요. 그리고 계약 사항은 따로 쓰지 않겠어요. 만약 내가 당신에게 행복을 줄 수 있다면 당신도 소중한 것을 내게 주시겠죠. 전 당신을 믿어요. 그런 조건은 어떤 시기가 되면 자연스럽게 얘기하도록 해요."

"알겠어요. 당신은 예상대로 정말 멋진 여자요. 그리고 로즈의 사생활엔 절대 간섭하지 않을 테니 자유롭게 지내요."

"좋아요. 다만 이 일과는 별개로, 재벌 그룹인 윤조미술관의 작품 구매를 좀 도와주세요. 서로 윈윈 하는 거죠. 이럴 땐 한국말로 누이 좋고 매부 좋고, 라고 하지요."

"당연하지. 내 직업이 화상이오."

두 사람은 서로를 마주 보며 의기투합한 심정으로 환하게 웃었다.

유미는 다니엘을 통해 소개받은 경매 회사에 구매 희망 작품의 경매 일정도 알아보고, 몇 군데 화랑에도 섭외를 해 동향을 살피고, 화가와도 선이 닿게 미팅을 부탁해 놓았다. 그것은 용준이 가고 나서 유미가 해도 될 일이다. 가장 중요한 것은 용준이 출장 왔을 때, 세계 최고 수준의 대가 작품을 한두 점 폼 나게 계약해야 하는 것이다. 그래야 용준이 신뢰를 얻게 될 것이고, 유미 또한 국내 미술계로 작품을 진출시킬 거점을 자연스레 확보하게 될 것이다. 결국 유미가 고심 끝에 구매를 결정한 것은 데미안 허스트의 작품이었다. 윤조미술관의 위상을 높이고 화제의 중심에 서게 하려면 충격적인 작품이 제격이다. 그리고 두 번째로 앤디 워홀의 작품과 제프 쿤스의 작품을 섭외할 것이다.

그런 취지를 용준에게 설명하고 강애리에게 보고를 올리게 했다. 용준은 강애리의 대답을 그대로 유미에게 생중계했다.

"쌤, 강 관장이 막 흥분했어요. 데미안 허스트, 제프 쿤스, 앤디 워홀, 다 좋은 가격에 구매 가능할 거 같다. 그런데 구매 자금이 문제다. 그랬더니 성사될 수 있다면 최대한 자금을 동원해 보겠다는데요. 그러면서 어떻게 그렇게 수완이 좋으냐고 나를 막 치켜세우는데 좀 찔리더라고요. 쌤 얘기는 할 수 없으니 다니엘 화랑에 관계된, 믿을 만한 제 선배의 불란서계 애인이 있다고 뻥쳤죠. 다니엘 화랑이라니까 그냥 껌뻑 죽더라고요. 조만간 그 화랑에서 제안 의견서를 보낼 거라고 했어요."

유미는 고개를 끄덕였다. 앤디 워홀과 제프 쿤스의 작품은 다니엘도 가지고 있다. 현재 유미가 구매 의사를 표하고 다니엘과 협상 중이다. 그리고 오늘은 지난번에 약속한 대로 소피를 안심시키기 위해 유미의 남자 친구를 데리고 와서 다니엘의 집에서 함께 식사하기로 한 날이다.

물론 남자 친구 역은 용준이 맡을 배역이다. 게다가 인증 샷도 찍을 겸 오늘 밤부터 카메라를 작동할 거라고 유미는 다니엘에게 은밀히 말해 두었다. 유미는 오후 일정을 마치고, 저녁 약속 시간까지 남는 시간에 용준을 색다른 장소로 안내했다. 빡빡한 일정에도 불구하고 용준은 유미와 회포를 풀 날만 고대하고 있는 눈치였다.

"두 시간 정도 남았으니 좀 색다른 박물관에나 가 볼까?"

"에이, 이제 박물관은 싫어요. 좀 화끈하고 쌔끈한 데는 없어요?"

"그런 데는 남자 혼자 알아서 가야지. 그 동네로 일단 답사를 가자고."

유미는 '빨간 풍차(물랭루주)'가 서 있는 파리의 환락가인 클리시 대로로 그를 데려갔다. 그곳은 밤이면 온갖 섹스 쇼가 성행하고 거리에서 호객하는 창녀들을 심심찮게 볼 수 있는 곳이다. 유미는 온통 섹스 숍과 섹스 공연장이 위치한 그 거리에서 어느 건물 앞에 섰다. 지난번에 혼자 와서 디지털카메라로 열심히 사진을 찍는 자신을 바라보던 남녀 커플들의 시선 때문에 용준이 오면 함께 와서 자세히 구경하리라 마음먹었던 곳이다.

"에로틱 뮤지엄?"

"응, 에로티슴 박물관(Musée de l'Érotisme)이야. 둘러보면 재미있을 거야."

지하에서부터 6층까지 성에 관한 온갖 자료가 전시되어 있는 박물관 내부는 온 세계에서 수집한 진기한 그림과 비디오, 사진, 조각, 성 기구로 꽉 차 있었다. 용준은 갑자기 고도의 집중력과 호기심을 발휘해서 안내문을 읽으며 유미에게 뜻을 물어 오기도 하고, 디카를 꺼내 흥미 있는 전시물을 찍어 댔다. 남근이 스크루인 와인 병따개, 남근 망치, 남근이 총신인 권총, 아프리카의 남근 보호대, 여자 조각상의 은밀한 곳에 담배를 끼우는 파이프…… 성에 대한 사람들의 상상력은 예나 지금이나 무궁무진하고 발랄하다.

"와, 정말 재미있는 게 많네."

용준이 킥킥댔다.

"쌤, 저거 하나 선물할까요?"

용준이 가리키는 곳에 잘생긴 남근이 송이버섯처럼 불쑥 솟아 있는 붉은색 우단 의자가 놓여 있었다.

"혼자 있는 외로운 밤에는 그만일 거 같은데. 주문 제작도 가능할 거 같아요."

"그만해라. 저런 무식하고 천박한 붙박이용은 사양이야."

"농담이에요. 참 이런 걸 전시하다니, 이 나라는 오지랖도 넓고, 거 뭐 톨레랑스(tolérance)인지 또랑인지 품도 넓은 나라예요. 확 트이고 자유로운 여기가 왠지 전생의 내 고향 같아요."

박물관은 섹스 숍으로 통하게 되어 있었다. 가게 안에서는 한 커플이 다정하게 물건을 고르고 있었다. 여러 종류의 딜도들, 가죽 채찍, 큐빅이 박힌 수갑, 가죽 옷, 용도를 알 수 없는 물건들도 많이 보였다. 갑자기 윤동진이 떠올랐다. 그때 용준이 유미를 불렀다.

"이거 너무 귀엽고 예뻐요."

용준이 가리킨 것은 알 반지처럼, 고리 손잡이에 보석 박힌 꼬마 딜도와 진주 구슬로 엮인 애무용 스트링과 장식용 지스트링(G-string)이었다.

"아까 의자 대신에 이걸 선물하고 싶어요."

"난 이런 거 필요 없을 거 같은데……."

"그냥, 재밌잖아요. 파리에 온 기념으로요."

"좋아."

유미가 고개를 끄덕이자 용준이 계산을 하고 그걸 유미에게 내밀었다.

"맛있는 전식을 먹은 거처럼 지금 흥분되네요. 본식이 막 당기는 거 있죠."

용준이 상기된 얼굴로 의미 있는 말을 했다.

"안 그래도 프랑스식 정찬이 마련되어 있잖아. 늦겠다. 빨리 가자. 금강산도 식후경이니까."

다니엘의 집에서 조금 이른 저녁에 시작된 만찬에는 다니엘과 그의 애인 소피, 그리고 유미와 용준, 딱 네 사람이 참석했다. 가정부 셀린과 행사가 있을 때면 다니엘의 집에 출장 온다는 전직 코르동 블루 요리 학교 교수 출신인 요리사 자크의 솜씨로 음식 맛은 아주 훌륭했다. 색스러운 요리라기보다는 맛으로 승부를 거는 든든하고 행복감을 주는 가정식 요리였다. 용준은 처음엔 말도 안 통하고 또 체면을 차려야 하는 자리라서 점잔을 빼고 앉아 있었다. 유미의 남자 친구라고 용준을 소개하니 소피가 반가운 얼굴로 덕담을 했다.

"어머나! 영화배우처럼 너무 잘생겼다."

그 말을 통역해 주자 용준은 입이 귀에 걸려 말했다.

"한국의 원조 한류 스타가 있는데 그 사람이 저를 많이 닮았죠. 쌤, 이 말 통역해 주세요. 저 여자, 눈이 보배네. 보는 눈은 있어 가지고선, 가슴은 젖소 부인인데. 아, 이 말은 빼고요."

그러더니 용준은 소피를 보고 헤실헤실 웃더니 콩글리시로 말했다.

"유어 아이즈 다이아몬드! 당신 눈이 보배라고."

그 말을 자기 눈이 다이아몬드처럼 아름답다고 들은 소피 역시 오늘삽스럽게 좋아했다.

"다니엘, 들었지? 내 눈이 예쁘대."

다니엘이 소피에게 키스했다.

"쳇, 쟤네들 밥 먹다 말고 키스는. 하긴 로마에 오면 로마법을 따라야지."

갑자기 용준이 유미에게 기습 키스를 했다. 화기애애한 분위기에서 식사가 이어졌지만 세 사람이 프랑스어로 떠들어 대는 동안, 용준은 자연히 입을 다물고 술과 음식을 먹었다. 하지만 코스마다 바뀌는 술로 이미 얼큰해진 용준은 점점 말이 많아졌다. 그것도 남이 듣건 말건 한국말로 비 맞은 중처럼 중얼댔다.

"아, 느글거려. 가뜩이나 음식도 그런 데다 콧소리 불어를 계속 들으니 속이 뒤집어지네. 김치 좀 없나? 저 여자 허옇고 푸짐한 가슴살을 보니 속이 더 답답해."

유미가 용준에게 슬쩍 주의를 주었다.

"그만 좀 중얼대. 그것도 한국말로. 저 사람들한테 실례야."

용준이 다니엘과 소피를 향해 한껏 예의 바른 미소를 짓더니 또 씨부렁댔다.

"진짜 속이 안 좋아요. 나 비위 엄청 약한데, 촌놈이 체면상 억지로 구겨 넣었더니…… 술도 오르고…… 아, 졸려. 눕고 싶어."

그러더니 정말 끄덕끄덕 졸기 시작했다.

"아, 실례! 어쩌죠? 제 방에서 좀 쉬라고 할까 봐요."

"오 저런, 피곤했나 보네요. 디저트도 아직 안 나왔는데……."

다니엘이 겸연쩍게 말하자 소피가 나섰다.

"디저트와 식후주는 로즈 방에 가져다주라고 하면 되잖아. 다니엘, 우리도 일어날까?"

소피가 다니엘에게 살짝 윙크를 했다.

유미는 용준을 부축해서 위층 침실로 데려갔다. 용준은 침대에 대 자로 누워 곯아떨어진 거 같았다. 잠시 후, 노크 소리가 나고 셀린이 디저트로 준비한 무스 오 쇼콜라와 코냑 두 잔을 가져다주었다. 유미는 배가 너무 불러 그것을 테이블 한쪽에 밀어 놓고 술도 깰 겸, 화장대 앞에 앉아 올렸던 긴 머리를 풀어 머리를 빗었다. 거울 속으로 옷을 입은 채 침대 위에 누워 있는 용준이 보였다. 유미는 침대로 다가가 용준을 가만히 내려다보았다. 용준을 깨울까? 그의 얼굴에서 안경을 살짝 빼냈다. 그래도 그는 끄떡없다. 유미도 너무 졸려 옆에 쓰러져 자고 싶은 생각이 간절했다. 시계를 보니 8시 45분이었다. 유미는 용준을 그대로 두고 벌떡 일어나 욕실로 들어갔다.

유미는 욕실에서 샤워기 아래 온몸을 맡기고 서서 폭포수 같은 물을 맞았다. 정신이 번쩍 났다. 타월로 몸을 닦고 향이 강한 오데코롱을 뿌리고 목욕 타월로 몸을 감고 방으로 들어갔다. 그런데 이게 웬일? 용준이 이불 안에 들어가 얌전히 자고 있었다. 유미가 다가가 이불을 젖히자 용준은 알몸이었다. 그런데 유미를 향해 조준하듯 그의 '총구'가 움직이는 게 아닌가. 갑자기 용준이 유미의 몸을 침대로 확 끌어당겼다.

"내 연기, 어때요?"

"뭐야? 취한 척한 거였어?"

"그 정도에 취할 박용준이 아니잖아요. 이 천재일우의 기회를 내가 왜 놓쳐요? 빨리 방으로 들어가고 싶어서…… 오늘 밤은 나 말리지 말아요!"

선언과 함께 용준이 유미의 몸을 찍어 누르며 덮쳤다. 용준이 정신없이 애무를 퍼부었다. 폭포 같은 애무 세례를 받느라 정신이 아득해질 정도였다. 용준이 유미의 젖가슴을 한입에 호빵 우겨 넣듯이 입안에 우겨 넣으며 힘껏 유두를 빨았다. 고문 같은 짜릿한 전율이 덮쳐 왔다. 저절로 비명 같은 신음이 터져 나왔다. 그때 천장 구석에서 스르륵 무언가가 열리는 기척이 느껴졌다. 시계를 보니 9시 5분이었다. 초록색 불빛이 깜박였다. 그것은 다니엘의 '훔쳐보는 눈'이었다. 그것을 느끼자 유미는 흥분이 더욱더 급증했다. 용준에게 몸을 맡긴 유미는 용준의 머리를 부여잡고 온몸을 흔들었다.

"그것 봐요. 몸이 말하잖아요. 아, 정말 이거, 「파리의 연인」 찍어야 하는데. 이거 작품인데. 제프 쿤스 저리 가라인데."

용준은 숨을 헐떡이면서도 계속 말을 쏟아 냈다.

"용준, 잘하고 있어. 좋아."

유미는 영문을 알 리 없는 용준에게 그렇게 말하면서 속으로는 지금 찍고 있어, 라고 속말을 했다. 누군가가 자신을 보고 있다는 것, 그것은 새로운 관능적 나르시시즘을 자극했다. 그런데 어쩌면 또 제3의 눈이 있을 것이다. 다니엘의 방에 들어간 소피도 함께 보고 있을지 모른다. 그 생각이 들자 약간 기분이 묘해졌으나 소피를 안심시키기 위한 다니엘의 또 다른 작전에 유미는 이미 암묵적으로 동의를 하지 않았나. 용준을 이용한 전략적 섹스라는 생각에 용준에게 좀 미안하긴 했지만, 사실 누이 좋고 매부 좋고 아닌가. 유미는 모든 전략을 잠시 접어 두고 용준에게 몰입하기 시작했다.

용준이 까슬까슬한 턱과 부드러운 입술과 촉촉한 혀로 애무해 유미의 몸을 순식간에 감각의 제국으로 만들어 버렸다. 온몸의 털이 군마의 갈기처럼 들고 일어났으며 세포들은 아우성치며 병사들처럼 에너지가 충천했다. 가뭄에 단비 만나듯 유미의 온몸이 그 비를 빨아들이기 위해 한껏 열렸다. 외롭고 고팠던 몸에 벼락과 천둥처럼 쏟아지는 젊은 남자의 숨차고 가열한 폭우 같은 에너지가 유미를 아득하게 했다. 용준의 몸 또한 오랫동안 여자 맛을 보지 못했음에 틀림없다. 지완과 헤어진 지 서너 달도 넘었다지 않은가.

유미의 몸을 껴안고 힘을 준 용준의 두 팔 근육이 박달나무처럼 단단했다. 용준은 아래를 더욱 밀착하며 유미를 내려다보았다.

"보고 싶었어요. 지금 꿈만 같아요. 파리에서 쌤을 정복하다니! 나폴레옹도 부럽지 않아."

"정복? 그런 말 쓰지 마. 무슨 영어 완전 정복도 아니고, 여자 몸을 정복한다든가 마스터한다든가 하는 그런 고정관념을 깨라고. 안 그러면 평생 마스터베이션하는 거나 똑같아. 재빨리 깃발 꽂고 정복하는 거 좋을 거 없어. 정복! 끝! 그런 정복이 뭐가 즐거워?"

"아, 옙. 쌤이 그러니까 애가 갑자기 주눅이 드네요."

"사실 섹스는 정복의 즐거움이 아니라 노예의 즐거움을 아는 게 포인트야. 서로가 노예처럼 자신을 낮춰서 상대의 몸을 귀하게 여기고 쓰다듬고 섬기고 하면서 기쁨을 느낀다면 사랑도 저절로 찾아

올 거야."

"그럼 제가 노예처럼 굴면 쌤은 절 사랑할 건가요?"

"그것도 미리 의도하면 안 되지. 그냥 저절로 몸과 마음이 그렇게 될 수 있는 경지가 있을 거란 뜻이야."

"쌤, 제가 노예가 될게요."

용준이 갑자기 유미의 몸에서 내려와 침대 아래 무릎을 꿇고는 유미의 발가락 끝부터 혀끝으로 핥으며 올라갔다. 용준의 진지한 표정을 보자 쿡, 웃음이 나왔다.

"간지러워. 그만해. 침 그만 바르고."

유미가 노예처럼 구는 용준의 물건을 움켜쥐었다.

"자기랑 섬세한 작업은 안 되겠어. 튼튼한 이 물건이나 노예처럼 혹사해야지."

명령만 내려 달라는 듯이 용준의 물건은 준비가 되어 있었다. 유미는 충견의 머리를 쓰다듬듯이 부드럽게 그걸 쓰다듬으며 말했다.

"나와 함께 갈래? 내가 가는 곳 어디까지나?"

용준은 유미의 말을 듣고 고개를 크게 끄덕이고, 용준의 그것은 충견처럼 꼬리를 흔들었다. 유미는 그것을 귀한 보물이나 되듯이 입술로 가져가 부드럽고 사랑스럽게 애무하기 시작했다. 용준은 애써 참고 있는지 이 사이로 터지는 신음을 막느라 입술을 꾹 다물었다. 유미는 용준의 페니스를 애무하며 다니엘의 '훔쳐보는 눈'을 바라보았다. 저 눈의 뒤에서 한 남자가 흥분하고 있을까? 다니엘 대신에 갑자기 흥분이 극에 달한 용준이 급하게 말했다.

"못 참겠어. 들어갈래요."

"아니, 오래 혹사할 거야. 술 깨게 샤워하고 와."

용준이 급하게 욕실로 뛰어갔다.

깜빡거리는 렌즈의 불빛에 시선을 주며 유미는 자신의 나신을 감싸 안았다. 유미는 관능과 쾌락의 예감에 몸을 떠는 명화 속의 여인들을 떠올렸다. 클림트의 「다나에」란 그림이 떠올랐다. 아르고스의 왕은 자신의 외손자에게 살해될 것이라는 신탁을 받고 아름다운 딸 다나에를 높은 탑에 가둔다. 그러나 그것도 소용없이 제우스는 부드러운 황금 비로 변해 다나에의 몸에 스며든다. 제우스의 정액인 황금 비를 온몸으로 받아들이는 처녀 다나에의 사랑스럽고 관능에 젖은 아름다운 모습……. 유미는 그림 속의 다나에처럼 한 손으로 은밀한 자신의 꽃잎을 어루만지면서 두 다리를 몸 쪽으로 바짝 끌어당기며 고요한 흥분이 밀려오는 관능의 늪으로 하염없이 빠져들었다. 잠깐 눈을 떠 다니엘의 '훔쳐보는 눈'을 향해 나른해진 눈으로 뇌쇄적인 윙크를 살짝 보냈다.

물방울이 돋은 몸으로 용준이 침대로 뛰어들었다. 차가운 그의 몸이 살에 닿자 정신이 번쩍 났다. 유미는 거침없이 달려드는 그의 몸을 껴안았다. 차고 싱싱한 활어 같은 용준의 몸을 향해 유미의 미각, 아니 모든 감각이 배고프다고 아우성을 쳤다. 술이 깬 용준이 상큼한 키스를 깊게 꽂으며 아래도 동시에 파고들기 시작했다. 용준이 유미의 몸 위에서 활어처럼 펄떡거릴 때 유미는 머리맡의 리모컨을 들어 카메라의 눈을 향해 눌렀다. 깜빡거리던 초록 불이 나갔다. 시간은 10시 정각이었다. 그리고 유미는 용준에게 속삭였다.

"널 오늘 죽을 만큼 혹사할 거야."

"나도!"

용준이 으르렁거렸다. 이제부터 본 게임. 오늘 밤은 노예들의 합창, 아니 격투가 시작되려나 보다. 유미는 근육이 딱딱하게 긴장한 용준의 엉덩이를 움켜쥐었다.

위험한 약속

　모든 일이 일사천리로 진행되었다. 1단계로 우선 다니엘이 갖고 있는 앤디 워홀의 작품 「플라워」와 「마릴린 먼로」 중에서 1965년도 작품인 꽃분홍색 버전의 「마릴린 먼로」를 윤조미술관과 계약하기로 했다. 그리고 「LOVE」의 작가 로버트 인디애나의 설치 작품도 다니엘의 주선으로 매매가 가능하게 되었다. 윤조미술관 측에서, 특히 강애리는 「LOVE」가 윤조미술관 건물 앞에 설치될 경우, 미술관 이미지 제고에 크게 기여할 것이라며 쌍수를 들고 환영했다고 한다. '사랑'이란 모든 것을 아우르고 감싸고 초월하는 힘이 있지 않은가. 윤조미술관이 연인들의 명소가 될 것이고, 윤동진과 자신의 애정 전선에도 부적 같은 주술적인 힘을 발휘할 거란 생각을 했을지도 모른다.

　용준은 다니엘 화랑과 맺은 계약서를 가지고 귀국했고, 필요한 모든 작업은 물밑에서 유미가 하기로 했다. 앞으로 용준은 출장을 자주 와야 할 것이다. 개선장군처럼 귀국한 용준이 흥분에 겨운 목소리로 전화했다.

"강 관장이랑 위에서 아주 좋아 난리입니다. 덕분에 저도 영웅 됐어요. 앞으로 다니엘 화랑과 신의를 가지고 지속적인 거래를 하고 싶다고 합니다. 궁극적으로는, 큰돈이 들어도 데미안 허스트나 제프 쿤스의 작품을 구매하겠다고 합니다. 물론 작품을 손에 넣는 게 너무 어렵다는 건 여기서도 다 알고 있는 사실이지만……."

"어려울수록 도전해 봐야지. 내가 조만간 영국에 한번 나갈 거야. 그런데 제프 쿤스는 다른 재벌 기업에서 샀잖아."

"그러니까 다른 걸 원하는 거죠. 강애리가 그러더라고요. 우리는 로버트 인디애나의 「LOVE」가 있으니 제프 쿤스의 「하트」는 됐고 「강아지」나 한 마리 데리고 오면 좋겠다네요. 너무 귀여워서 장차 태어날 아이에게 선물로 주고 싶다나?"

"그게 장난감도 아니고, 얼마짜린데!"

"돈지랄하는 거죠."

"알았어. 한 마리 구해 보지 뭐. 되든 안 되든 간에 루트는 알아볼게."

"저 이제 미술관 내 큐레이터는 접고 해외 비즈니스로 뛰어야 되는 거 아닌지 모르겠어요. 언제든 필요하면 출장 신청하라고 합니다. 쌤, 생각보다 거장들 작품이 빨리 모이면 윤조에서 「팝아트 거장전」을 기획하는 것도 지금 생각해 보고 있습니다. 쌤, 전 쌤만 믿습니다. 도와주세요."

"알았어. 나도 모든 게 빨리 진행되길 바라고 있어."

이 모든 일의 뒤에는 다니엘의 전격적인 도움이 있었다. 다니엘은 합리적인 가격을 제시해 주었는데, 물론 유미의 커미션을 고려한 가격이었다. 세계 시장에서 탐내는 거장의 미술품 가격은 고무줄이지만 일단 윤조미술관과의 첫 거래는 신뢰를 주기 위해서 큰 욕심을 부리지 않는 게 좋겠다는 유미의 조언을 다니엘은 선선히 받아들였다.

유미는 다니엘과의 약속대로 '몰카 서비스'를 계속했다. 용준과의 전화에서 끊은 영상을 계속 돌려 보았는지 다니엘은 다음 날 유미에게 들뜬 목소리로 말했다.

"정말 판타스틱했어요. 소피와 함께 봤는데 소피가 얼마나 흥분하던지! 로즈를 엄청 부러워하더라고. 감질나게 끊겨서 난 너무 아쉬웠지만 그래도 좋았어요."

"시간이 됐기에 오프한 거죠. 약속은 약속이잖아요."

그리고 그 이후 유미는 별다른 장면을 보여 주지 않았다. 다니엘은 그저 유미의 일상적인 모습만 훔쳐보았을 것이다. 그래서일까. 그는 좀 우울하고 불안해 보였다. 특히 그의 아들 에릭을 만나기 위해 유미가 런던으로 떠나려 하자 더욱더 그런 기색이 역력했다.

다니엘의 아들 에릭은 런던의 크리스티 경매 회사에서 막강한 영향력을 가진 딜러이며 개인적으로는 상업적으로 잘나가는 최고의 작품들도 소장하고 있다고 한다. 게다가 그는 인맥도 넓어서 화가와도 직거래를 할 수 있고 소장가들과도 친분이 막역한 능력 있는 젊은 화상이다. 유미는 그와 전화와 이메일로 그림 구매에 대한 의견을 나누었다. 그가 작품 값이 최고로 비싼 화제의 젊은 예술가 데미안 허스트의 친구며, 영국 출신 팝아트 화가 데이비드 호크니와도 친분이 각별해서 그의 그림을 많이 갖고 있다는 것 때문에 유미는 그를 새로운 과녁으로 설정했다. 백발백중이어서는 안 된다. 화살을 100발까지 헛되이 낭비할 시간이 없다. 일발일중이면 더 바랄 것이 없겠지만, 사람의 일이다. 일단 에릭이란 남자를 알기 위해서는 먼저 그를 만나야 한다.

다니엘이 소개서를 써 주고 에릭이 초대를 해서 유미는 런던으로 그를 만나러 떠났다. 유로스타를 타고 런던 시내로 들어가서 그에게 전화를 했다. 미리 점심 약속이 되어 있었지만 그는 중요한 작품의 경매 일정 때문에 자리를 뜰 수 없다며 저녁 시간으로 다시 약속을 잡는 게 어떠냐며 정중하게 양해를 구했다. 할 수 없었다. 약한 자가 기다려야지 별수 있나. 그런데 마지막 기차를 놓치면 어쩐다? 유미는 갤러리 몇 군데를 돌고 버킹엄궁전 근처의 카페에 앉아 홍차와 갓 구운 쿠키를 먹으며 오후를 보냈다. 저녁 6시가 다 되어 에릭에게서 전화가 왔다.

"정말 미안합니다. 제가 저녁 식사를 대접하고 싶어요. 미안하지만 택시를 타고 샌더슨 호텔로 좀 와 주시겠습니까? 그곳 식당에 예약을 했어요."

아침에 일찍 유로스타를 타고 와서 낮에 일을 보고 저녁에 돌아가려던 계획이 어긋났지만, 저녁 식사에 초대하겠다는 에릭의 말은 짜증 난 심정에 위로와 기대를 동시에 주었다. 유미는 택시를 타고 샌더슨 호텔에 도착했다. 호텔 안으로 들어가니 내부가 심상치 않았다. 아주 모던하면서도 독특한 디자인과 색감의 인테리어가 돋보였다. 특히 살바도르 달리의 빨간색 입술 소파가 눈길을 끌었다. 게다가 모든 의자나 테이블이 눈에 익었다. 아! 온통 그 유명한 산업 디자이너 필립 스탁의 작품들이다. 그때 에릭에게서 전화가 왔다.

"로즈! 도착하셨습니까? 수카라는 말레이시아 레스토랑으로 오세요."

레스토랑으로 들어가니 심플한 인테리어의 실내에서 눈길을 확 끄는 잘생긴 30대 남자 하나가 손을 들었다.

"로즈죠? 멋진 동양 여자가 들어서기에 직감했어요. 안녕하세요, 에릭입니다. 점심 약속을 못 지켜 죄송합니다."

그가 악수를 청하며 매력적인 미소를 지었다. 그에게 크루아상 반죽 주무르듯 사람을 주무르는 능력이 있다고 했던 다니엘의 말에 수긍이 갔다. 사람들이 호감을 느낄, 인상이 좋은 남자라서 모든 게 용서가 될 것 같다. 유미가 웃으며 말했다.

"용서해 줄 수 있어요. 이렇게 멋진 곳에 초대해 주시니."

"제가 좋아하는 호텔 중 하나입니다. 유명한 디자이너 필립 스탁이 리노베이션한 호텔이죠."

"당신이 좋아할 만한 호텔이란 생각이 들어요."

"바로 그거예요. 잘 보셨어요. 난 아주 현대적이고 모던한 걸 좋아해요. 하지만 또 뿌리 없는 건 싫어하죠. 이곳에는 고전적인 것과 현대적인 것이 잘 융합된 분위기가 있죠."

에릭이 음식을 주문하고 본격적인 사업 이야기로 들어갔다. 그는 친절하지만 치밀한 성격이었다.

"아버지에게서 로즈를 꼭 도와주라는 엄명을 받았어요. 나름대로 YB그룹과 윤조미술관에 내해서 알아봤죠. 아버지의 엄명은 엄명이고 저는 저니까요."

"그랬더니요?"

"뭐, 그룹의 이미지는 나쁘지 않았어요. 다만 이 분야에서는 신뢰가 중요하니까, 로즈의 역할이 중요할 텐데……."

에릭이 유미를 슬쩍 떠보았다.

"제게 신뢰감이 안 느껴진다는 말씀?"

"오, 아닙니다. 그 반대입니다. 일차적으로 아버지의 안목을 저는 신뢰하는 편이죠. 게다가 두 번째로는 로즈를 실제로 만나니까 알겠군요. 우린 미술품 감정에는 전문가입니다. 사람도 웬만하면 한 번에 척 알아보죠."

"가짜와 진짜도 구별하시겠죠?"

"대충 그렇죠. 사실 제가 아는 위작 전문가 친구가 있는데, 솔직히 이 친구가 그린 그림은 잘 구별 못 해요."

"위작 전문가 친구도 있어요?"

"이 바닥에서 밥 벌어먹고 사는 인간의 종류는 다 알고 지냅니다. 그런데 로즈는 진짜입니다."

뭐가 진짜라는 거지? 어쨌거나 그는 사람을 기분 좋게 하는 매너와 에너지를 가졌다. 식사를 마치고 나자 8시 반이었다. 유미는 파리로 가는 막차를 놓친 걸 알았다. 눈치를 챈 에릭이 말했다.

"뭐가 걱정입니까? 여기가 호텔인데 자고 가면 되죠. 내일까지 시간을 벌었으니 옆에 있는 '롱 바'에 가서 술이나 한잔하시죠. 제가 오늘 방을 잡아 드리겠습니다."

유미는 이 호텔의 인테리어 디자인이 마음에 들어 객실은 어떻게 꾸며져 있을까 궁금했다. 그런데 요금이 엄청 비쌀 거 같았다. 에릭은 계산을 끝내고 옆에 있는 바로 유미를 데리고 갔다. 그곳의 긴 테이블 앞에는 등받이 쪽에 여자들의 제각각 다른 한쪽 눈을 그린 필립 스탁의 흰 의자들이 죽 놓여 있었다.

"당신 눈과 닮은 의자가 저기 있군요. 저기 앉으시죠. 동양인치고는 눈이 크시군요."

유미는 에릭이 권해 주는 의자에 앉아 그가 시킨 스카치위스키를 마셨다. 그는 현대미술 시장의 흐름에 대해 이야기했고, 유미는 취하지 않으려 긴장하면서 마셨다. 그가 취급하는 작가들의 작품을 이야기하다가 자연스레 유미가 그에게 데미안 허스트의 작품을 빠른 시일 내에 구해 줬으면 좋겠다고 이야기했다.

"아시겠지만 데미안은 작품 값이 아주 비싸요. 모든 작품은 작가에게 사야 가장 싸죠. 데미안에게 연락해 보겠어요. 팔 수 있는 작품이 어떤 게 있는지. 가능하면 빠른 시일 내에 함께 데미안을 만나 보죠."

"함께요?"

"데미안은 내 친구니까."

오, 이 남자 점점 멋있어진다.

"정 팔 게 없다면 제 거라도 팔죠, 뭐. 맘에 드실지 모르지만, 한두 점은 갖고 있으니까."

유미는 에릭에게 점점 빠져들었다. 어쨌거나 이 남자만 붙들면 되는 거다.

"데미안은 어떤 사람이에요? 좀 피곤한 사람일 거 같아요."

"글쎄요. 난 당신이 어떤 사람인지 더 궁금한데요."

작업용 멘트로 낚싯대를 던지는 건가? 유미는 미소 짓고 있는 에릭을 향해 눈을 크게 뜨고 어깨를 으쓱해 보였다. 에릭은 담백한 표정으로 진지하게 말했다.

"데미안은 작품을 살 사람이 마음에 들지 않으면 작품을 팔지 않습니다. 그래서 함께 만나자고 한 겁니다."

"아, 그렇군요. 제가 그의 마음에 들까요?"

그럼요, 당신은 아름다우니까, 라는 대답을 유미는 기대했다. 그러나 에릭은 전혀 생각지 못한 대답을 했다.

"그는 여자에게 관심 없습니다."

에릭이 정색을 하고 말했다.

"그는 제게 관심이 있지요. 저는 그의 구미에 맞는 능력 있는 딜러니까요. 데미안 또한 마케팅의 귀재거든요. 데미안은 예전에 화랑에 싸게 주었던 작품을 회수해서 몇 배나 부풀려 비싸게 되팔기도 한답니다. 작품을 작가에게서 사는 행위란 작품을 훔치는 행위이므로 돈으로 사과를 하는 게 당연하다고 그는 종종 말하죠. 비싼 돈 주고 작품을 사게 되면, 그는 마지못해 이렇게 말하지요. 내가 그대의 사과를 받아들이노라."

"오만하네요."

"그러니 저와 함께 가야죠. 하긴 그럴 만도 하죠. 삶과 죽음을 환기하는 데 데미안만큼 충격적이고 엽기적인 화가가 어디 있습니까? 그 독창성과 창의력은 독보적이지 않습니까?"

데미안 허스트는 동물의 사체를 포르말린에 넣어 영원한 죽음을 보여 준다.

"왜 그런 기괴한 죽음을 보여 주는 걸까요?"

"글쎄요. 삶의 숭고함과 희망을 역설적으로 보여 주려는 게 아닐까요?"

"죽음을 가지고 장난을 치는데도요? 예술이란 이름으로 관대하게 받아들여지고 열광한다는 게 우스워요."

작품에서 보여 주는 '주검'을 감상하는 것과 실제로 누군가를 죽여 그 '죽음'을 경험하는 것은 얼마만큼의 거리가 있는 걸까. 삶의 숭고함과 희망과의 사이에서…… 유미는 가끔 이유진의 '주검'을 꿈에서 본다. 포르말린 용액이 아니라 이유진의 주검은 유미의 무의식의 바다에 수장되어 있다.

"참, 밤도 늦었으니 예약한 객실로 올라가시죠."

에릭의 말에 유미는 이유진 생각에서 되돌아왔다. 시간은 11시가 다 되었다. 왠지 아쉬웠다.

"다음엔 제 집으로 모실게요. 그림도 보여 드리고."

집으로? 30대 중반으로 보이는데, 유부남 아닌가?

"에릭, 실례지만 결혼하셨나요……?"

"아뇨."

에릭이 싱긋, 눈웃음을 지었다. 이거, 작업 들어오는 건가? 자타가 공인하는 능력남이라면서, 이 남자 너무 쉬운 남자 아냐?

"데미안에겐 제가 좀 알아보죠. 워낙 까다로운 친구긴 하지만 잘되겠죠."

에릭은 낙천적이고 능성적인 성격인 듯했다. 소심하고 소극적인 아버지와는 딴판이다.

객실 앞까지 유미를 안내해 준 에릭이 말했다.

"그럼 편히 쉬세요. 굿 나이트."

"고마워요. 굿 나이트."

그가 작별 인사를 하며 돌아섰다. 유미도 작별 인사를 했다. 그런데 이 서운함은 또 뭐지? 그때 에릭이 돌아보며 말했다.

"어쩌면 조만간 파리에 들를지 모르겠어요. 연락 드릴게요."

객실로 들어온 유미는 온통 투명하고 하얀 커튼이 쳐진 객실 내부의 은은한 조명을 받으며 한동안 서 있었다. 아쉬움은 있지만, 첫 만남 치고 나쁘지 않다. 다니엘의 아들 에릭의 좋은 인상이 유미의 마음에 여운으로 남았다. 사업 파트너로서뿐 아니라 남자로서도 묘하게 끌리는 걸 느낀다. 미술품 거상 집안의 외아들로 세계 미술 시장의 판도를 움직이는 능력 있는 남자. 게다가 싱글. 더군다나 매너 좋고 긍정적인 성격의 훈남. 21세기 글로벌 시대에 쪼잔한 한국 남자는 내수용으로 놔두고 이제부턴 오유미, 세계화에 힘쓰자. 뭐, 이런 기특한 결심을 하면서 유미는 잠자리에 들었다.

그러나 데미안 허스트의 작품 이야기 때문인지 유미는 밤새도록 이유진의 무덤에서 그의 해골을 찾아내 한 땀 한 땀 다이아몬드를 박는 끔찍한 악몽을 꾸었다.

파리로 돌아온 유미는 다니엘이 예전과 달리 몹시 불안해하고 있음을 느꼈다. 말도 없어지고 잘 웃지도 않았다. 유미와 함께하던 조찬도 잠을 못 자 피곤하다며 사양하기도 했다. 계획한 대로 작품 구매를 하려면 긴밀하게 협업을 해도 시원찮은데…… 이유를 알 수 없는 유미는 불안감에 휩싸였다.

목요일 저녁, 유미는 서울의 용준과 통화를 하고 있었다. 초여름이지만 이상 고온으로 폭염에 가까운 날씨였다. 샤워를 하고 나서 맨살에 속이 비치는 짧은 슈미즈 하나만 걸친 채 맥주 한 병을 따서 입에 물고 있는데 용준에게서 전화가 온 것이다.

"런던에서 아직 연락은 오지 않았지만, 데미안 허스트의 작품 구매를 위해 의견을 조율하고 있어. 데이비드 호크니의 작품은 가격만 맞으면 언제든지 맞춰 줄 수 있고. 참! 고흐는 좀 힘들어. 대신 모네 정도라면 가능성 있어. 「수련」 시리즈 중 하나를 구할 수 있을 거 같아. 난 모네의 「수련」 시리즈가 참 좋더라."

모네의 작품 몇 점은 다니엘이 소장하고 있다. 일단 일차로 계약한 그림의 대금 결제가 이뤄졌기 때문에 다니엘과 추가로 그림 구매 계약을 하는 건 어려움이 없을 터였다.

"쌤 덕에 어렵게만 느껴지던 일이 속전속결되기도 하고 예상보다 착착 잘 진행되니 참 신기해요. 역시 어디나 인맥, 정확한 루트가 중요하다는 걸 새삼 깨닫게 되네요. 그런데 그 다니엘이란 사람과 그의 아들은 무슨 흑심이 있어서 쌤에게 그렇게 잘해 주나요? 혹시……"

"오해하지 마, 흑심은 무슨…… 아무 일도 없어."

"정말요?"

"그래."

"몸도 안 주고 어떻게 그렇게 요리를 하지? 대단해요."

"내가 뭐 창녀니?"

"아니, 그런 뜻이 아니라 남자라면 여자를 도와줄 때 일단 그걸 기대하니까."

"이건 다 서로 윈윈 하는 비즈니스야."

유미는 벽시계를 바라보았다. 벽시계는 9시 정각을 가리켰다. 유미는 몰래카메라의 리모컨을 작동했다. 다니엘을 요리하기 위해 '몸을 주지'는 않지만, '몸을 보여 줄' 시간이다. 이 이상한 게임을 용준은 이해할까? 유미는 침대로 와서 등에 쿠션을 받치고 앉아 몰래카메라가 작동되는 걸 확인하며 통화를 계속했다.

"지난번에 정말 좋았어요. 오랜만에 만나도 쌤은 늘 저를 설레게 해요. 조만간 무슨 핑계든 대고 파리로 또 출장 갈 거예요. 그런데 쌤은 서울엔 안 와요?"

"나도 때가 되면 갈 거야. 가능하면 빨리."

"보고 싶어요. 지금 어디세요?"

"내 방 침대."

"나도."

"거긴 새벽일 텐데 내일 출근하려면 자야지."

"쌤이랑 통화하다 보니 잠이 달아났어요. 얘가 고개를 바짝 쳐들고 안 자요. 쌤은 섹스리스 라이프가…… 외롭지 않아요?"

"외롭지. 근데 내가 뭐 꼭 섹스 중독자인 거처럼 동정하고 있네. 섹스를 못 하고 있는 게 아니라 안 하고 있는 거야. 욕망을 조절하는 거야. 섹스를 약처럼 쓰려고."

"섹스를 약처럼……?"

"그래, 섹스 모르고 오용 말고 섹스 좋다고 남용 말자."

"오오, 말 되네. 참, 지난번에 제가 선물한 건 사용해 봤어요?"

"뭐?"

"에이, 그거 있잖아요. 에로티슴 박물관에서 산 거……."

그러고 보니 머리맡 탁자 서랍에 넣어 두고 잊고 있었다.

"남자들은 말이죠. 시각적인 동물이라 여자들이 자위하는 모습만 봐도 뻑 가거든요. 예전에 빨간책 보면 그런 여자 그림만 나와도 그냥 확 가 버렸는데……."

"난 그런 거 별로 안 좋아하는데."

"그러니까 사실 그건 쌤 선물을 빙자한, 저를 즐겁게 하는 선물인데…… 언제 함 보여 주세요."

유미가 생각난 듯 서랍을 열고 그것을 꺼냈다. 진주알이 길게 늘어진 지스트링을 아래에 대고 찌를 희롱하듯 살살 오르락내리락해 보았다. 간지러운 자극이 왔다. 이 정도의 자극은 유미에겐 별 감흥이 없다. 용준의 말대로 어쩌면 이런 행동은 아래층에서 보고 있는 다니엘에게 흥분을 일으키게 할지도 모른다. 어쩔 때는 자존심이 좀 상하기도 했지만, 유미는 피할 수 없으면 즐기자고 생각했다. 몰래카메라를 설치해 놓고서 이런 걸 보고 흥분하는 다니엘이 더 불쌍하다는 생각이 들었다. 유미가 혼자서 노는 어린아이처럼 무심하게 장난을 치며 용준과 통화를 하고 있는데 갑자기 노크 소리가 들려왔다.

"용준, 전화 끊자. 나중에 또……."

유미가 휴대폰을 끄고 방문을 향해 물었다.

"누구세요?"

"……다니엘이오."

시계를 보니 9시 20분이다. 오늘 밤 소피는 어쩌고 이리 올라왔단 말인가.

"웬일이에요? 다니엘, 이건 계약 위반인데요."

"알아요. 문 좀 열어 줘요. 내가 책임질게요."

유미는 얇은 가운을 슈미즈 위에 걸치고 문을 열었다. 좀 전까지 부끄러운 장면을 생중계했던 상황이지만 실제로 만나려니 기분이 이상하고 부끄러웠다. 유미가 문을 열었다.

"로즈, 정말 미안해요."

다니엘은 좀 취해 있었다.

"무슨 일이죠? 소피는 어쩌시고요?"

"소피는 이제 오지 않아요."

"……?"

다니엘이 의자에 털썩 주저앉았다.

"요즘 내가 아주 힘든 상황이에요. 누군가와 이야기를 하고 싶은데 그럴 수도 없고…… 물론 정신과 의사가 신경안정제를 처방해 주긴 했지만 그게 해결책은 안 되고……."

그러고 보니 최근 다니엘은 갤러리에서도 멍하게 생각에 잠겨 있는 적이 많았다. 아마도 신경안정제 때문인지 아침에도 제때 못 일어나는 것 같았다.

"무언가 제가 도울 수 있는 일이 있으면 좋겠네요."

유미는 아무 기대 없이 위로 삼아 애틋한 눈빛으로 말을 건넸다.

"로즈가 이해해 줄 거 같지 않아서……."

다니엘이 머뭇거렸다. 유미가 안심시키듯 말했다.

"우린 친구잖아요. 그렇죠?"

다니엘이 고개를 끄덕였다.

"그랬지. 그럼 이제부터 내 얘길 좀 들어 봐요. 내가 어쩌면 좋겠소?"

다니엘이 두 손으로 관자놀이를 누르며 이야기를 꺼냈다.

"로즈가 알다시피 소피는 유부녀요. 소피의 남편은 이름만 대면 알 만한 정부 요직에 있는 고위층이지. 그래서 우리는 스캔들이 날까 봐 사람들의 눈을 피해 내 집에서 만났지요. 그게 벌써 3년이 넘었어요. 그런데 얼마 전에 소피의 남편이 우리 관계를 눈치챘어요."

아하, 그러니까 이 남자, 치정 관계로 고통을 받고 있는 거구나.

"그래서요?"

유미가 호기심이 동해 다니엘의 말을 재촉했다.

"소피가 그러더군. 남편한테는 딱 잡아뗐으니까 절대 자신과의 관계를 실토하면 안 된다고. 그런데 그 남편이란 작자가 내게 확인 전화를 했어."

"뭐라 그러셨어요?"

"아니라고 잡아뗐지. 그렇다고 믿는 거 같진 않았지만. 그런데 문제는 소피야. 소피와 헤어지는 건 둘째 치고……."

다니엘의 숨이 살짝 거칠어졌다.

"소피가 그러더군. 자신의 섹스 스캔들 때문에 남편의 정치 경력에 흠집을 내고 싶지 않다고. 자기 남편은 대권을 노리는 사람이라 사실 우리 관계를 알고도 남편이 모른 척하는 거라고. 그러니 그런 의혹을 덮을 만한 일로 남편을 설득하거나 납득시켜야 한다고. 애초에 스캔들이 일어날 실마리를 완전 봉쇄해야 한다고. 사람들이 스캔들을 꿈에도 상상할 수 없도록 해야 한다고. 그 방법으로, 내가 소피가 아닌 누군가를 사랑한다는 걸 증명해 보여야만 된다고. 그러면서 언론에 가짜로 결혼이나 약혼 발표를 흘리라는 거야. 그래야 남편이 안심할 거라면서. 그러면서 소피는 이런 제안을 했어. 잠깐 로즈와 약혼하라고……."

"네? 무슨 말이죠? 저와 약혼을요?"

"아, 미안해요. 이게 무슨 황당한 시추에이션인지…… 그래요, 잠깐 동안만."

"계약 결혼도 아닌 뭐, 계약 약혼 같은 건가요?"

"말하자면 그렇지."

계약 결혼으로 유명한 사르트르와 보부아르의 나라라고 하지만 계약 약혼이라니? 여성 철학자 보부아르가 아닌 마담 보바리에 더 가까운 나 같은 여자에게 계약 약혼을?

"그것도 잠깐 동안 계약 약혼이라니?"

"소피의 남편은 아마도 내게 의혹을 버리지 못하고 있나 봐. 소피를 내게서 완전히 분리하고 싶어 해. 자원해서 곧 미국 주재 대사로 발령받아 나간다네. 그러니 남편이 안심하고 나갈 수 있게 당분간만 그렇게 해 달라는 거지."

유미는 갑자기 일이 터지자 남편에게 찰싹 달라붙는 소피가 얄

미웠다.

"결국 소피는 다니엘을 버리는 거네요."

"그런 조건으로 나를 떠나려는 거지. 그런데 위자료로 내가 갖고 있는 마티스 유화 한 점과 르누아르의 유화 세 점을 몽땅 달라고 하더군. 추억으로 간직하겠다고."

"뭐라고요?"

유미는 저도 모르게 발끈해서 소리를 질렀다. 한몫 잡고 튀겠다는 거야, 뭐야?

"다니엘, 오히려 역공을 하지 그래요? 남편에게 불륜 관계를 다 말하겠다고, 아니, 언론에 폭로하겠다고 그러지 그래요? 정치가라면 그게 얼마나 큰 데미지라는 걸 알 테니 그대로 무마할 거 아니에요?"

"그렇게 되면 소피에게 비수를 꽂는 거지. 아주 비겁한 거야. 처음엔 나도 소피에게 배신감을 느껴서 내 정신이 아니었어. 하지만 그녀가 그걸 원하니 그대로 해 주고 싶어. 내가 한때 위안받고 사랑했던 그녀니까. 그리고 나도 그녀가 가정을 깨는 거 원하지 않아. 그림 아깝지 않아. 그녀가 원하는 그림은 다 줄 거야. 다만 사랑의 종말이 못 견디게 서글프고 우울할 뿐이지."

다니엘이 두 손바닥으로 얼굴을 쓸었다. 이 나이 든 남자가 애인의 배신으로 상처받고 슬퍼하고 있다. 착한 걸까, 순수한 걸까? 그런데 르누아르의 그림은 도대체 얼마나 할까? 다니엘을 바라보며 그런 생각을 하고 있는데 다니엘이 고개를 들었다.

"소피가 그런 타협안을 진작 내놓았는데 결정을 못 하고 있었지.

차마 로즈에게 입이 떨어지지 않아서 괴로워하고 있었어요. 그런데 에릭을 만나러 런던에 간다고 하니 기분이 묘하더라고. 에릭하고는 별일 없었겠지?"

이 남자, 아들을 질투하나?

"무슨 일? 아무 일도 없었어요."

다니엘이 고개를 끄덕였다.

"내가 나이도 어린 로즈에게 참 추하고 이상한 남자로 보이겠지. 하지만, 용기를 내서 묻고 싶어요. 나와 약혼해 주겠소?"

"계약 약혼 말이죠?"

"하지만 로즈를 사랑할 수 있으면 사랑하고 싶어요. 사랑받을 수 있으면 더 좋고."

"소피를 위해서 저를 또 한 번 이용하시는 거네요."

유미는 한숨을 쉬며 어깨를 내려뜨렸다.

"그렇게 함으로써 나도 소피를 하루 빨리 잊고 싶소. 처음부터 느낀 이상한 예감이지만, 당신과의 인연이 깊을 거 같아요."

"언제까지 결정해야 하나요?"

"빠르면 빠를수록 좋아요. 소피 부부가 곧 떠난다니까 언론에 기사가 빨리 나면 좋겠지."

"계약 조건은 뭔가요? 어차피 계약 약혼이니······."

유미는 다니엘에게 물었다.

"로즈가 동의하면, 곧바로 방돔 광장으로 약혼반지를 주문하러 갑시다. 우리 집안은 오래전부터 쇼메의 보석 디자인을 좋아했어요."

쇼메에서 디자인한 약혼반지라······ 유미는 마치 꿈을 꾸는 것 같았다.

"계약 약혼은 계약 기간이 어느 정도인가요?"

"우선 3개월 정도? 만약 합의하면 더 연장할 수도 있지 않겠소?"

"제가 파혼할 수도 있겠죠? 그런데 계약 약혼이 계약 결혼이 될 수도 있나요?"

"기적이 일어나서 진짜 결혼을 하면 더 좋겠지?"

다니엘이 웃으며 어깨를 으쓱했다.

"사실 난 결혼에는 회의적이오."

이 남자 세 번 이혼했다고 했나? 아, 물론 이 나이 든 남자와 결혼할 생각은 없다. 게다가 이 남자의 아들에게 마음이 흔들리고 있는 마당에…… 하지만 유미는 이 제안의 부가가치에 대해 냉정하게 생각해 보고 싶었다. 그걸 눈치챈 걸까?

"처녀인 로즈의 신상이나 이미지를 고려해서 보상은 섭섭하지 않게 해 주겠소. 음, 그리고 중요한 한 가지. 계약 약혼 기간에는 성적 자유를 보장하겠소. 그 부분의 계약 갱신이 필요할 땐 서로 협의합시다. 물론 계약 결혼이나 또는 정식 결혼일 경우엔 얘기가 달라지지. 그땐 정조를 요구할 거요."

재료, 부품, 연료, 인건비 따위가 안 든다는 얘기 아닌가? 비즈니스라면 이런 고부가가치 비즈니스가 어디 있겠는가.

"물론 약혼을 하면 약혼자로서 정서와 감정을 어느 정도 함께 나누길 원하오. 그건 우리의 의무이자 권리요. 하지만 당신의 성적 자유를 억압하진 않겠소."

유미는 사실 당장 오케이를 부르짖고 싶었으나 좀 더 신중하게 처신하자고 마음을 다독였다.

"좀 더 생각을 해 보겠어요."

유미가 새침하게 말했다.

"알겠소."

다니엘이 고개를 끄떡이며 일어섰다.

"밤도 늦었으니 편히 주무세요."

유미의 인사에 다니엘이 일어서서 나가며 기운 없이 말했다.

"잠이 오지 않아 수면제를 먹고 있는데 가끔 악몽을 꿔요. 밤이 두려워요."

"술 드셨는데 수면제 드시면 안 돼요. 아셨죠?"

유미가 어린 아들을 달래듯 말하자 다니엘이 공허한 눈빛으로 유미를 바라보았다. 유미는 다니엘의 눈을 바라보며 속삭였다.

"다니엘, 당신은 강한 남자예요. 이 힘든 고비를 잘 넘길 수 있을 거예요."

다니엘이 내려간 후, 유미 또한 잠을 이루지 못했다. 밖에는 밤비가 내리고 있었다. 빗줄기가 굵어지더니 때때로 번개가 치고 천둥이 울리기 시작했다. 유미는 빗소리에 마음이 심란해져서 양주를 한 잔 마셨다.

황당한 다니엘의 제안. 이 일이 유미의 운명에 무엇을 예고하는지…… 갑자기 닥쳐온 행운이라 할 수 있을까? 꿈같은 이 일이 설마 악몽이 되는 건 아니겠지? 다만 나쁠 건 없다는 생각이 반복적으로 들었다. 보상이 확실한 계약 약혼. 어쩌면 결혼으로 이어질 전초전. 하지만 다니엘과의 결혼이 행복할 거란 생각은 눈곱만큼도

들지 않았다. 그리고 난 조만간 한국으로 돌아갈 건데…… 이 이국 땅에 뼈를 묻고 싶진 않은데…… 아니면 적당한 때 파혼이나 이혼을 하고 위자료를 챙긴다? 그랬을 때 내가 받을 타격이나 상처는 무엇일까. 상처라면 삶에서 무수히 받지 않았는가. 그 상처에 대한 보상이 엉뚱한 곳에서 이루어지는 걸까. 한입에 덥석 물고 싶은 미끼 아닌가. 하지만 다니엘에게는 남자로서의 성적 매력이 느껴지지 않아. 그의 아들 에릭의 매력을 알고 난 이후엔 더욱더. 계약 약혼 기간에는 내게 성적 자유를 허가한다고? 다니엘과는 약혼하고 결혼은 에릭과 한다? 유미는 기발한 발상과 상상에 웃음이 났다.

그때 거대한 나무뿌리가 거꾸로 처박힌 것 같은 번개가 검은 유리창에 명멸했다. 그리고 굉음을 내는 천둥소리가 고막을 때렸다. 오늘 밤 잠자기는 다 글렀군. 유미가 양주 한 잔을 더 따라 마셨다. 그때 방문에서 노크 소리가 들렸다. 문을 여니 다니엘이 비를 맞은 듯한 몰골로 떨며 서 있었다.

"다니엘, 웬일이에요? 비를 맞은 거예요? 땀이에요?"

"약을 먹었는데도 잠이 안 와서 술을 마셨더니……."

"병원에 가야 하는 거 아니에요?"

땀에 젖은 그의 몸을 바라보며 유미가 물었다.

"괜찮아요. 그냥 눈만 붙이면 악몽을 꿔요."

"아이 참, 웬 악몽을?"

"로즈, 부탁인데 혼자 잠들기 싫어서 그래요. 오늘 밤 나와 함께 있어 줘요."

다니엘의 몸이 정말 너무 힘들어 보여서 유미는 다니엘을 일단 자신의 침대에 뉘었다. 그리고 마른 수건으로 그의 얼굴과 목덜미의 땀을 훔쳐 냈다.

"내가 잘 때까지 좀 옆에 있어 줘요. 로즈가 옆에 있으면 잘 수 있을 거 같아요."

유미가 고개를 끄덕이며 그의 손을 잡아 주었다. 의외로 심약한 남자인가.

"어린애처럼 악몽을 꾸다니. 그 여자랑 헤어지는 게 그렇게 힘드나요?"

유미는 소피와의 이별 후유증을 이렇게까지 앓고 있는 다니엘이 바보스럽게 보일 지경이다. 다니엘은 그 말에 한동안 대답을 못 했다. 그러더니 가라앉은 목소리로 말했다.

"아니, 내 평생 어머니와 헤어지는 게 이렇게 힘들다오."

그의 목소리가 살짝 떨려 나왔다.

"어릴 때, 아홉 살 때 어머니를 잃었어요. 벌써 50년이나 되었는데…… 어머니는 노르망디의 별장에서 실종된 지 일주일 만에 발견되었어요. 내가 발견했지. 시골 아이들이 내 시계를 뺏어서 숲에 감췄다고 거짓말을 했어요. 그건 할아버지 때부터 내려오는 귀중한 회중시계여서 난 그걸 찾으러 숲 속으로 갔다가…… 그 후, 힘든 일이 있을 때마다 가끔 그때의 꿈을 꿔요. 난 늘 숲을 헤매는데 문득 풀숲에서 어머니의 신발이 보이고, 그리고…… 아, 어머니의 마지막 그 모습을 잊을 수 없어."

다니엘이 괴로운 듯 고개를 흔들었다.

그에게 그런 아픔이 있었다니……. 아마도 그의 어머니는 음습

한 숲 속에서 흉측한 마지막 모습을 아홉 살 어린 아들에게 보여 주었나 보다. 유미는 아무 말도 묻지 않았다. 유미는 다니엘이 안쓰럽고 애틋했다. 갑자기 가슴 가득 그를 향한 연민의 감정이 홍수처럼 차올랐다. 자살한 어머니의 모습을 보진 못했으나, 유미도 어머니들의 비슷한 비극을 그와 공유한 처지 아닌가. 게다가 유미 역시 간혹 심신이 고통스러울 때 악몽을 꾼다. 죽은 이유진을 꿈에서 본다. 그런 의미에서 유미는 이유진과 평생 헤어지지 못하는 것이다. 어쩌면 다니엘을, 동병상련의 고통을 이해할 수 있을 거 같다. 자아가 형성되기도 전의 어린 소년에게 생긴 그 트라우마가 그를 소심하고 심약한 남자로 만든 게 아닐까? 유미는 다니엘에게서 가여운 아홉 살짜리 어린 소년의 모습을 보았다.

"로즈는 내가 행복하다고 생각해요?"

"어느 정도는요. 멋진 그림들을 많이 갖고 있고, 평생 가난을 모른다는 면에서는요."

"이렇게 말하면 우습겠지만, 내겐 그런 게 무의미하게 느껴질 때가 많아요. 그냥 어머니와 함께했던 어린 시절이 그리워."

땀이 식은 몸이 추운지 다니엘은 몸을 떨었다.

"당신이 내 곁에 누우면 좋겠소."

양주 두 잔에 더워진 몸으로 유미는 다니엘의 옆에 누웠다. 슈미즈를 입은 유미의 몸을 다니엘이 껴안았다. 유미도 다니엘을 안았다. 그의 젖은 셔츠에서 땀 냄새가 살짝 풍겼다. 그리 싫지는 않았다.

"아아, 따스해."

다니엘이 어린아이처럼 유미의 가슴에 코를 박았다. 밖에서는 추적추적 여름비가 줄기차게 내렸다. 가끔 천둥소리가 들릴 때마다 다니엘이 몸을 움찔거렸다. 곧 다니엘의 심장박동이 규칙적으로 들려왔다. 그가 가늘게 코를 골기 시작했다. 그의 체온이 따스하게 전해졌다. 유미 또한 아버지 같기도 하고 아들 같기도 한 느낌을 주는 남자의 몸을 안고 스르르 잠에 빠져들었다.

아침에 두 사람은 거의 동시에 눈을 떴다. 다니엘이 만면에 가득 행복한 미소를 띠며 말했다.

"이렇게 개운하게 아침을 맞은 게 얼마 만인지 모르겠어. 로즈 덕분이야."

아침을 먹으며 다니엘은 또 한 번 유미에게 말했다.

"내 약혼녀가 되어 주지 않겠소? 당신이 원하는 조건을 전폭적으로 수용하리다."

유미는 대답 대신 환한 미소를 지어 주었다.

다음 날 저녁에 마침내 유미는 계약서에 사인했다. 계약 기간은 3개월. 다니엘은 계약금 조로 목욕하는 여인을 그린 발튀스의 그림을 주기로 약속했다. 그건 유미를 처음 보고 그가 욕실에 걸었던 그림이다. 계약 기간 만료 시에는 잔금 조로 나중에 유미에게 작품을 고를 수 있는 선택권을 부여하기로 했다. 계약 파기 시에는 물론 이런 사항이 무효가 된다. 몰래카메라는 떼고 대신 일주일에 이틀 밤을 함께 지내며, 계약 약혼 기간 동안은 성적인 자유를 억압받진 않지만, 대신 대외적으로는 정숙한 약혼녀의 입장을 지켜 줄 것을 유미에게 요구했다. 유미에 대한 추문이 발생하면 계약은 파기된다. 그것은 쌍방 합의 조건으로, 다니엘에게도 해당되는 조건이었다. 그리고 다니엘은 유미의 비즈니스에 적극적으로 협조하고 지원하기로 약속했다. 유미는 계약 조건이 마음에 들었다. 다니엘은 진지하게 말했다.

"무늬만 약혼이라도 우리 관계가 메마르지 않았으면 해."

유미는 다니엘에게 연민의 감정을 느끼는 게 다행이라고 생각됐다. 배우가 어떤 역에 몰입하려면 감정이입이 가장 중요하다. 다니엘의 약혼녀 역을 정말 잘하고 싶었다. 성공적인 인간관계를 위해서는 진심에서 우러나오는 진짜 감정이 최선이니까.

다니엘과 유미는 함께 약혼반지를 맞추러 갔다. 다니엘은 5캐럿짜리 다이아몬드 반지를 유미에게 선물했다. 그리고 언론에 보도 자료를 뿌렸다. 몇몇 신문의 인물 동정란에 기사가 나고 일부 잡지에는 크게 났다. 다만 일반인인 유미의 초상권을 보호하기 위해 다니엘의 사진만 실을 것을 요구했다. 기사에 나온 보도는 대체로 이러했다.

화랑 재벌 다니엘 뒤 시엘이 '동양의 진주'를 캤으며 머지않아 결혼을 할 것이다. 이미 세 번의 결혼 전력이 있지만 최근 10년 동안 어떤 스캔들도 없던 터라 다니엘의 약혼 소식은 호사가들에게 놀라움을 던져 주기에 충분하다. 약혼녀는 미모의 동양 여성이며 다니엘 뒤 시엘 화랑의 해외 마케팅부 직원이다. 또한 약혼반지로 쇼메의 수석 디자이너가 디자인한 아름다운 5캐럿짜리 다이아몬드 반지가 화제가 되고 있다. 지중해에서 비밀리에 진행될 이번 약혼식은 최측근들만 초대해 다니엘 소유의 호화 요트에서 이루어질 것이라 한다······.

다니엘과 유미는 사실 약혼식은 하지 않기로 합의했으나, 언론에는 일부러 허위 정보를 흘렸다. 다니엘은 흡족해하는 눈치였다. 유미는 계약 사항대로 소피의 자리를 대신해서 일주일에 두 번 그와 집에서 저녁 식사를 했다. 다니엘의 표정은 차츰 평온을 되찾았다. 다만 다니엘의 요구로 식사 후 자연스러운 코스로 그의 침실에 가게 되었을 때 그는 무척 긴장했다. 유미는 절대 오버하지 않기로 했다. 다니엘이 알고 있는 동양에서 온 순종적인 처녀의 이미지를 깨고 싶지 않았다. '동양의 진주'는 손수 캐야 제맛이니까. 다니엘은 예상대로 조개잡이용 연장이 신통치 않았다. 날카롭고 단단해야 틈을 비집고 캘 텐데······ 그의 연장은 주인을 닮아서인지 무척 소심하고 겸손했다. 유미의 문 앞에 오기만 하면 지은 죄도 없이 고개를 숙였다.

"아직 어색해서 잘 안 되네. 난 여자와 충분히 친밀해지지 않으면 안돼."

다니엘이 어색하게 웃으며 핑계인지도 모를 말을 했다.

"저도 동물적인 섹스는 싫어요. 징그러워요."

"에로티시즘, 그건 진정한 감각이 아니야. 가장 인간적인 섹스란 분명 짐승과 구별되는 것이지. 인간에겐 영혼이 있고 예술이 있어. 오르가슴이 사랑은 아니오."

"걱정 마세요, 다니엘. 정신적인 교감이 먼저 이뤄지면 자연스러워지겠죠."

"우린 그런 면도 잘 맞는 거 같아. 이리 와요. 우리 손잡고 자자."

"좋아요."

유미는 다니엘의 손을 잡고 옆에 누웠다. 다니엘은 유미의 손을 주물럭거리더니 싱겁게 금방 곯아떨어져 버렸다. 유미는 한숨을 쉬었다. 이 허전한 잠자리는 뭐지? 성적으로 착취당하는 것보다는 이게 차라리 잘된 일일까. 괜찮지만 좀 낯선 경험이다. 유미는 다니엘 나이 또래의 김 교수와 보냈던 밤을 떠올렸다. 그의 도덕적 죄의식을 없애 주기 위해 유미는 그를 받아들이지는 않았지만 그에게 또다른 쾌락의 맛을 보게 해 주지 않았던가. 그러나 이 남자에게는 아직 그러고 싶지 않다. 그동안 유미의 몸을 터널처럼 뚫고 밀어붙이던 젊은 사내들의 불도저 같은 연장이 꼬리를 물며 생각났다. 최근 용준과의 섹스까지, 그리고 실현되지 않았기에 더 감미롭게 설레는 미지의 섹스도. 런던에서 만난 다니엘의 아들 에릭의 얼굴이 떠올랐다.

다니엘과 어머니와 아들 같은 연인 관계로 지내는 동안, 유미는 수렴청정하는 대비처럼 비즈니스를 처리했다. 다니엘이 약간의 성적 문제를 갖고 있다고 판단한 후부터였다. 다니엘을 적극적으로 유혹해서 어떡하든 자신감 있는 남자로 만들어야겠다는 생각은 유보하기로 했다. 다니엘 스스로가 이렇게 고백했다.

"로즈, 난 좀 독특해요. 다른 남자들과 달리 생리적인 욕구가 별로 없어요."

"나이 탓이겠죠. 하지만 약의 도움도 있으니…… 우린 어차피 계약 약혼이니까 서로 그런 걸로 상처 받진 말아요, 다니엘."

"그게 아니라 사실 젊은 로즈에겐 미안해요."

"제가 성적 매력이 없나 보죠, 뭐."

"그게 아니에요. 내 심리가 독특해서 그런 거지. 로즈는 정말 매력적이고 또 부드럽고 따스해서 난 정말 행복해요. 내가 왜 몰래카메라를 설치한 줄 알아요?"

"소피 때문이죠. 소피에게 내가 다른 애인이 있다는 인증 샷으로……."

"뭐 그렇기도 하지만. 나는 한 번도 처녀와 연애한 적이 없소. 난임자 있는 여자가 좋아요. 유부녀나 애인이 있는 여자나. 그들은 내질투심을 자극하니까. 그리고 어느 정도 거리감을 유지할 수 있으니까. 그것은 미적 거리감이기도 하지. 연애의 원근법이라고나 할까."

"연애의 원근법이라…… 독특하고 어렵네요."

"상상력과 결합된 질투심을 나는 즐기지. 그리고 에로티시즘의미적 거리를 준수하고……."

"그러니까……?"

유미는 감이 잡힐 듯해서 고개를 끄덕였다. 다니엘이 몰래카메라를 설치하고 에로티시즘의 미적 거리에서 용준과의 섹스를 훔쳐보았던 걸까?

"그래서 한국 친구가 내 방에 왔던 날 밤에 무척 흥분했겠네요?"

"간만에 최고의 날이었지."

"그런 이유로 제게 성적인 자유를 허락한다고 했나요?"

"말하자면 그렇지."

왜 이 남자가 그동안 세 번이나 결혼에 실패했는지 짐작이 갔다.

"그러니까 다니엘은 결혼에 실패할 수밖에 없는 모순적인 욕구를 갖고 있네요."

"아주 정확해. 결혼하면 정조를 요구하게 되고 대신 성적인 환상은 깨지고……."

"보통 남자들은 소유욕이 강한데……."

"그러니 내게는 결혼이 의미가 없어요. 계약 결혼이라면 모르지만. 로즈는 내가 단지 나이 탓으로 남자의 생리적인 기능이 약해져서 그럴 거라 생각하는데 그게 아니야. 내가 특별한 심리를 갖고 있는 남자라 그런 거지. 언젠간 나도 로즈가 나를 불태울 수 있길 원하지. 그렇다고 난 여자가 너무 들이대는 건 좋아하지 않아."

이 남자, 무엇으로 불태워? 불과 장작만 있으면 타는 남자가 아니다. '질투는 나의 힘'이라고 고백하고 있지 않은가. 질투라는 기름이 있어야 한다고.

"로즈의 애인을 로즈의 방으로 데려와도 좋아. 아니, 밖에서 만나는 거보다는 보안을 위해서라도 우리 집으로 데려오는 게 좋아."

살다가 이런 별종은 처음 본다.

"다니엘, 난 다니엘과 정말 사랑에 빠지고 싶은데…… 당신의 그런 주문은 너무 잔인해요."

유미가 입술을 깨물며 슬픈 얼굴로 말했다.

그러자 다니엘이 유미의 얼굴을 어루만지며 말했다.

"당신은 아직 젊고 순수한데 내가 까다로운 남자라 미안해. 솔직히 로즈가 너무 사랑스러운데……."

입술을 세게 깨물었더니 금세 유미의 두 눈에 눈물이 차올랐다.

"오, 가여운 로즈. 내가 애기 인 했던가. 로즈를 오래 아껴 두고 싶다고. 로즈는 소중하니까."

다니엘이 유미의 입술에 키스했다. 유미는 입술을 살짝 피하며 말했다.

"알겠어요. 하지만 당신은 내게 정말 잔인한 남자예요. 언젠가 후회할지도 몰라요."

유미는 다니엘을 뿌리치고 제 방으로 올라왔다. 다니엘이 유미를 불렀지만, 유미는 돌아보지 않고 방으로 들어왔다. 잠시 후 다니엘이 노크했지만 유미는 문을 열어 주지 않았다.

"로즈, 화내지 마."

유미는 울먹이는 목소리로 말했다.

"화내는 거 아니에요. 당신은 여자 마음을 몰라요. 슬퍼요."

다니엘은 이 말을 속삭이고는 아래층으로 내려갔다.

"로즈, 사랑해."

유미는 희미한 미소를 머금고 고개를 끄덕였다. 까다로운 시험문제를 푸는 기분이지만 힌트가 떠오르는 듯한 미소였다. 유미는 서울에 있는 박용준과 런던에 있는 에릭에게 전화를 걸었다.

"용준, 다니엘 화랑을 통해 미술품을 거래할 땐 스페셜 영수증을 써 주겠다고 위에 보고해. 물론 그 차액은 돌려주겠다고."

재벌이 비자금 조성을 위해서 신뢰로 다져진 화랑과 눈 가리고 아웅 하는 편법이다. 화랑이 정가보다 부풀린 금액으로 작품을 팔아 돈을 받고 차액을 은밀하게 돌려주는 세탁 방법이다.

"아, 그게 가능해요? 그거야말로 YB에서 정말 원하는 건데."

"가능하도록 해야지. YB에서는 이제 다니엘 화랑이라면 팥으로 메주를 쑨다고 해도 믿을 테지?"

"당근이죠. 그런데 다니엘 화랑에서 먼저 그런 걸 제안하면 윤조에서야 쌍수를 들고 환영하겠죠."

"다만 세탁비로 차액 중 20프로는 뗀다고 해. 세탁소가 세탁비는 받아야 할 거 아냐."

"그래도 좋은 조건일걸요."

"데미안 허스트도 기대해도 된다고 해."

"와우! 오케이 나면 제가 파리로 날아갈게요."

유미는 또 런던의 에릭과 통화했다.

"아, 로즈! 잘 지내요? 아버지와 약혼했다는 기사 봤어요."

"놀랐…… 죠?"

"네, 놀랐어요. 암튼 축하해요. 혹시 저와 재산 싸움 이런 거 하게 되는 거 아닙니까? 난 나중에 젊고 예쁜 새엄마와 싸우긴 싫은데. 하하하……."

에릭은 웃었지만 유미는 마음이 좀 아팠다.

"사실 비밀인데요. 그게…… 계약 약혼일 뿐이에요……."

"계약 약혼?"

"일종의 비즈니스죠."

"일종의 비즈니스라……? 아, 참! 모레 비즈니스 때문에 파리 가는데 집에 잠깐 들를게요."

"그래요? 참, 우리 비즈니스는 잘되고 있죠?"

"데미안이 지금 바캉스 중이라 전화 통화만 했어요. 돌아오면 미팅 일정을 짜서 알려 줄게요. 아, 그러고 보니 이번에 파리 가면 한 번 볼까요?"

"그래요. 저도 뵙고 싶어요."

"그런데 아버지 눈치 보여 어디 집에서 편하게 만나겠어요? 따로 연락할게요. 아버지의 여자와 만난다? 이거 왠지 스릴 있는데요."

유미가 다음 날 아침에도 새침하게 앉아 있자 섬약한 남자 다니엘은 안절부절못했다. 내내 입을 다물고 있다가 유미가 한마디 툭, 던졌다.

"YB의 무슈 박용준이 조만간 여기 온대요."

"그래? 그거 잘됐군."

"그리고 에릭이 내일 파리에 온대요."

"그래? 나한테는 연락 없었는데……."

다니엘의 얼굴이 묘하게 굳었다.

다음 날이 되자 다니엘은 유미에게 제안했다.

"에릭이 위층을 써야 하니까 로즈는 오늘 밤 내 방에서 자."

"오늘은 다니엘과 보내는 밤이 아니잖아요."

"그러니까 오늘 밤만 그렇게 바꾸자고."

이건 아들을 견제하는 건지, 질투하는 건지…… 유미는 그냥 고개를 끄덕여 주었다.

"알았어요."

그런데 일 때문에 집에 들를 시간이 없다고 에릭에게서 연락이 왔다고 한다.

"잘됐네요. 오늘은 제 방에서 잘래요."

"그래…… 로즈가 그렇다면, 뭐."

그런데 밤이 이슥해서 유미의 휴대폰으로 에릭에게서 전화가 왔다.

"일 끝나고 오랜 친구를 만나 술 한잔하고 있는데 나올래요?"

유미는 기다렸다는 듯 화장을 고치고 섹시한 원피스를 입고서 에릭이 부르는 곳으로 갔다. 그는 생 미셸 대로의 바에서 매력적인 수염을 가진 젊은 남자와 술을 마시고 있었다. 유미가 다가가자 에릭이 일어나서 반겨 주었다. 그 옆의 젊은 남자의 눈빛이 끈적하게 들러붙었다.

"로즈, 인사해요. 이쪽은 내 친구 베르나르예요. 베르나르, 로즈는 내 사업 파트너야."

에릭이 그렇게만 소개를 해 주는 게 좋았다. 베르나르라는 남자가 손을 내밀어 악수를 하며 살짝 윙크했다.

"아름다워요."

유미가 자리에 앉자 와인 잔에 와인을 따라 주며 에릭이 말했다.

"베르나르는 그림을 아주 잘 그려요."

"화가시군요."

"그렇다고 할 수 있죠."

베르나르가 웃으며 고개를 끄덕였다.

"야, 너 좀 전에 가야 한다고 했잖아. 로즈를 봤으니 어서 가."

에릭이 재촉하자 베르나르가 느물거렸다.

"에릭이 로즈가 아주 아름다운 여성이라기에 꼭 만나 보고 가려고 했죠. 그런데 일어나기 싫네요. 언제 제가 저녁 한번 살 테니 만나요. 샹젤리제 근처에 오시면 연락 주세요."

베르나르가 명함을 건네 주며 덧붙였다.

"당신이 필요할 때 언제든 저도 파트너가 되어 드리죠."

"자식! 보자마자 작업은. 야, 얼른 가라."

에릭이 웃으며 베르나르를 쫓는 시늉을 했다. 베르나르가 가고 나자 에릭이 말했다.

"저 친구, 조심해요. 바람둥이죠. 작업의 선수예요."

"유명한 화가분인가요?"

"재능은 뛰어나지만 유명한 걸 원치 않는 은둔 화가죠. 위작 예술가라 해야 하나? 찾는 고객이 꽤 있으니 돈은 좀 있죠."

에릭이 눈을 찡긋했다.

"아, 예……."

"오늘 보자고 한 건 로즈가 정말 보고 싶기도 했고 부탁이 있어서예요."

"무슨 부탁이죠?"

"아버지의 여자니까……."

"저, 아버지의 여자 아니에요. 우린 단지 계약으로 잠깐 약혼한 사이일 뿐이에요."

"그럼 둘이 사랑하는 사이가 아니란 말씀? 결혼할 거 아닌가요?"

"결혼은 불가능할 거예요."

"그럼, 잘됐네요. 어쨌든 난 로즈와 원수가 되긴 싫어요. 우리, 파트너로 함께 가요."

"제가 왜 원수가 되겠어요?"

"아버진 야망이 없어요. 제가 보기엔 나약하고요. 여자들에게 그림을 많이 빼앗겼죠. 그런데 결혼을 하면 아버지의 그림은 그 여자에게로 다 넘어가겠죠. 난 그걸 못 참겠어요. 난 아버지보다 훨씬 잘할 수 있는데 유산 상속 같은 거 안 해 주시겠다고 해요."

"그래요?"

"아버지와 사이가 너무 안 좋아요."

"왜 그렇게 사이가 안 좋아요?"

"글쎄요. 어머니를 아주 미워했어요. 아버지의 첫 번째 아내죠. 어머닌 이혼하고 혼자 사시다가 재작년에 대장암으로 돌아가셨죠."

"아버지의 여자들을 보면 밉겠군요."

"그래요."

"아버지와 결혼할 일 없을 테니 걱정 말아요. 다니엘과는 사랑하기 힘들어요."

"하긴 로즈 같은 젊고 아름다운 여자가 아깝죠."

"부탁은 뭔가요?"

"사실 아버지의 그림 중에서 제가 원하는 게 좀 있어요. 그걸 제 손에 넣고 싶은 거죠. 날 도울 수 있을 거 같아요?"

"글쎄요. 제가 에릭을 도우면 에릭은 제게 무얼 주죠?"

"로즈가 원하는 게 뭐죠? 데미안 허스트의 작품? 돈? 섹스?"

"모두 다."

유미가 장난스럽게 웃었다.

"모두 가능할 수도 있어요."

"음, 그렇다면 생각해 보겠어요."

"만약 아버지를 사랑하는 게 아니라면, 사업을 하기에는 내 쪽이 더 도움이 될 겁니다. 물론 아버지야 공신력 있는 유명 화랑을 가졌지만."

"그럼 아버지와 반목하지 말고 서로 필요한 것을 나누고 보완하세요."

"로즈가 중간에서 잘해 주면 가능성이 있을지 모르죠."

"잘해 보죠, 뭐. 저도 흥미 있네요."

에릭이 윙크를 하며 와인 잔을 부딪혀 왔다.

"로즈는 내가 만나 본 아버지의 여자들 중에서 가장 내 맘에 들어요."

"에릭도 내 마음에 들어요."

유미가 와인을 한 입 머금고 목구멍으로 조금씩 흘리며 그윽한 눈으로 바라보았다. 무언가 흥미 있는 게임이 될 거 같다. 유미와 에릭은 와인을 마저 다 마시고 일어났다. 에릭이 속삭였다.

"우리, 기분도 좋은데 춤추러 갈까요?"

"그럴까요?"

적당히 취기가 오른 두 사람은 대중목욕탕을 개조한 유명한 나이트클럽에 가서 춤을 추었다. 처음엔 이래도 되나 하는 생각이 들었는데 에릭의 유쾌한 성격에 유미도 기분이 좋아졌다. 여러 가지 스트레스가 한 방에 날아가는 거 같았다. 블루스 타임이 되자 커플들은 아예 키싱구라미라는 물고기처럼 입술을 붙이고 온몸을 포갠 채 춤을 추었다. 에릭이 유미의 손을 이끌었다. 음악이 고조되고 분위기에 전염되자 유미는 에릭의 목을 끌어안았다. 에릭의 입술이 이마에 닿았다. 유미의 가슴이 뛰었다. 사업 파트너로는 아버지보다 자신이 나을 거라는 남자. 아버지와 라이벌이고 싶어 하는 야망을 품은 남자. 이 남자를 조준하고 싶다. 이 남자와 파트너가 되고 싶다. 그것도 오늘 밤은 섹스 파트너로. 유미는 이마에 쏟아지는 에릭의 뜨거운 숨결을 간지럽게 느끼며 에릭을 올려다보았다. 에릭은 묘한 미소를 짓고 있었다. 유미는 눈을 감았다. 유미의 입술이 에릭의 입술을 부르고 있었다.

에릭의 입술은 예상대로 유미의 입술에 자석처럼 철썩 달라붙었다. 두 사람도 키싱구라미처럼 입술을 붙인 채 춤을 추었다. 유미의 혀는 그의 입술을 헤집고 날렵한 물고기의 지느러미처럼 할랑할랑 그의 입속을 헤치고 다녔다. 아, 오랜만에 프랑스 남자와 제대로 된 프렌치 키스를 해 보는구나. 눈을 감고 키스 삼매경에 빠져 있다 보니 곡이 끝났다. 아쉽게 떨어져서 좌석으로 돌아가며 에릭이 속삭였다.

"참으로 오랜만에 여자와 예술적으로 키스를 했네요."

에릭이 지금 바짝 달아 있을 거라 짐작한 유미가 핸드백을 들고 일어났다.

"일어나요. 너무 늦었어요."

에릭이 순순히 따라 일어섰다. 유미는 만약 에릭이 호텔로 가자고 하면 따라갈까 말까를 잠깐 머릿속에서 헤아려 보았다.

"숙소는 정하셨어요?"

"네, 자주 오는 호텔에 예약을 해 놨죠."

큰길가로 나가 에릭이 택시를 잡았다. 함께 택시에 오른 에릭이 기사에게 다니엘의 집 주소를 말했다.

"집에 가서 자려고요?"

"로즈를 안전하게 집에 데려다 주고 호텔로 가야죠."

유미는 내심 실망스러웠지만 들키지 않으려고 시트에 머리를 기대고 눈을 감았다. 보기보다 매너 좋고 냉철한 남자다. 쉽게 무너질 남자가 아니라는 데 약간의 실망을 느끼긴 했지만, 그만큼 더욱더 남자다운 매력이 배가되었다. 그때 에릭이 유미의 귓가에 입술을 갖다 대며 속삭였다. 귓속이 간질거리며 머리칼이 설 정도로 흥분이 뻗쳐 왔다.

"당신은 정말 멋진 여자예요. 늙은 찌질이 아버지에게 주긴 아까운 여자예요."

이 남자 '밀당'의 전술을 제대로 아는 남자다. 유미는 프렌치 키스의 깊고 절절한 뒷맛이 가져온 아쉬움과 사그라지지 않는 흥분으로 에릭을 몰래 방으로 끌어들이고 싶은 욕구가 솟았지만 꾹 눌렀다. 싸구려같이 굴면 안 돼. 게다가 명색이 아버지의 약혼녀 아닌가. 집에 거의 다다랐을 때 유미는 다시 냉정하게 마음을 가다듬었다.

"에릭, 조심해서 돌아가세요."

"당신도 잘 자요. 조만간 연락할게요."

에릭도 이성적인 얼굴로 돌아와 예의 바르게 인사를 하고 차를 돌렸다.

시간은 2시가 넘어 있었다. 집 안의 불은 모두 꺼진 상태. 다니엘도 제 방에서 잠들었을 시간이다. 유미는 허전한 마음으로 방에 들어와 불을 켰다. 그러다 깜짝 놀라 비명을 지를 뻔했다. 유미의 방 창문을 등지고 다니엘이 서 있는 게 아닌가. 그의 표정은 평소의 그답지 않았다.

"누구와 만나고 이제 들어오는 거야?"

"내게 자유를 보장해 주지 않았나요?"

"누군지 말하라고!"

"난 거짓말 못 하는 여자니 솔직하게 말할게요. 당신 아들 에릭과 함께 있었어요."

"그래, 솔직하게 말해 줘서 고마워. 거짓말하면 다 끝장내려고 했어. 에릭을 만나서 뭘 하고 온 거야? 바른대로 말해."

"에릭과 나는 사업 파트너란 거 모르세요? 내게 에릭을 소개해 준 사람이 누군데요?"

"그 자식은 어릴 때부터 온갖 추잡한 연애질에 이력이 난 놈이야. 다른 놈은 다 되지만 그놈은 안 돼. 둘이 무슨 짓을 한 거야!"

갑자기 다니엘이 흥분해서 소리를 질렀다. 유미가 고개를 흔들며 뒤로 물러서자 그가 다가와 유미의 얇은 여름 원피스를 움켜쥐고 잡아챘다. 그 통에 옷이 찢어지는 소리가 요란하게 났다.

유미는 저도 모르게 찢어진 옷으로 겨우 몸을 가리고 다니엘을 멍하니 바라보았다. 다니엘의 그런 모습이 낯설었다. '지킬 박사와 하이드 씨'도 아니고 이게 뭐지?

"바른대로 말해. 너 젊은 에릭을 유혹하고 싶지?"

"에릭이 전화를 했어요. 우린 사업상 만났고요. 아버지와 잘 지내고 싶다고 했어요. 사업적으로든 인간적으로든. 난 두 사람을 돕고 싶어요."

"너의 욕망을 솔직하게 말해!"

다니엘이 이글거리는 짐승의 눈빛으로 다가와 다그쳤다.

"내일 당장 파혼해도 좋아요. 솔직히 말할게요. 당신은 여자의 몸과 마음을 이해 못 하는 잔인한 사람이고 에릭은 친절했어요. 그게 다예요. 아무 일도 없었어요. 하지만 내 욕망요? 그래요. 난 당신의 사랑이 필요한 젊은 여자예요."

남자로서 제 구실을 못 하는 다니엘을 비난하고 책임을 전가하는 말이었다. 다니엘이 다가와 유미의 뺨을 갈겼다.

"더러운 창녀 같은 년!"

그 말을 듣자 유미 또한 머리가 휙 돌았다. 이 세상에서 유미가 제일 싫어하는 말을 듣는 순간이었다. 유미 또한 옷을 감쌌던 손을 들어 다니엘의 뺨을 힘껏 올려붙였다. 찢어진 옷이 너덜거리며 흘러내렸다. 가죽이 반쯤 벗겨져 도륙당하는 짐승의 신음을 내며 유미는 다니엘의 눈을 쏘아보았다. 그러자 하이드 씨로 변한 다니엘은 자신의 뺨을 쓱 어루만지더니 유미의 옷을 한 손으로 마저 다 찢어 버리고 유미를 침대로 밀쳤다.

아아, 이 남자가 다니엘이 맞나? 다니엘의 온몸에서 열기와 광기가 뿜어 나왔다. 그는 유미의 몸에 올라타 자신의 몸에 걸친 옷을 찢어 내듯 거칠게 벗었다. 그의 무엇이 이토록이나 그를 흥분시키는 걸까. 분명 유미의 몸은 아니다. 그가 자신의 속에서 나오는 어떤 분노와 폭력으로 스스로 몸을 불태우고 있는 느낌이었다. 놀랍게도 늘 고개를 숙이고 있던 그의 물건이 어느새 팽팽하게 독이 올라 있었다. 전희도 뭐도 없이 그가 그것을 불도저, 아니 탱크처럼 막무가내로 밀고 들어왔다. 내심 충격과 놀라움으로 긴장해 있던 유미는 본능적으로 저항했다. 섹스가 아니라 일종의 폭력처럼 느껴졌기 때문이다.

다니엘은 일방적인 섹스를 끝내고 유미의 몸에 엎어진 채로 꼼짝하지 않았다. 그의 몸이 너무 무겁게 느껴졌다. 갑자기 그가 복상사를 한 게 아닐까, 걱정이 되어 흔들어 보니 어이없게도 그는 잠들어 있었다. 기가 막혔다. 이런 모욕적인 섹스라니…… 유미는 심란한 마음으로 다니엘을 바라보았다.

아침이 되자 다니엘의 태도는 딴판이 되었다. 유미는 일어나자마자 아무 말 없이 가방을 꾸리기 시작했다. 그는 유미에게 석고대죄를 하고 용서를 빌었다. 찌질이처럼 눈물마저 찔끔거렸다.

"용서해 줘. 로즈를 너무 사랑해서 그래. 로즈는 어땠는지 모르지만 난 어제 천국과 지옥을 함께 맛보았어. 떠나지 말아 줘. 떠나려면 나와 함께 가자. 천국이든 지옥이든."

결국 그는 모딜리아니의 유화 한 점을 들고 와서 애걸복걸했다. 그의 입으로 다시는 폭력을 쓰지 않을 것이며, 만약 쓰게 된다면 원하는 그림을 한 점씩 가져가도 좋다고 말했다. 병 주고 약 주는 그의 처사가 치사하고 가증스러웠지만, 사실 폭력이라면 유미도 답례로 그에게 귀싸대기 한 대를 돌려주지 않았는가. 참는 자에게 복이 있나니. 유미는 못 이기는 척 그림을 받았다. 모르긴 해도 5000만 원은 될 것이다. 유미는 이참에 한껏 비굴해진 다니엘의 고삐를 쥐고 자신의 목적지로 내처 몰아갔다. 다니엘에게서 YB그룹과 작품

거래 시 가짜 영수증을 써 주겠디는 확답을 명쾌하게 받아 낸 것
이다.

(5권에서 계속)

권지예

1960년 경북 경주에서 태어나 서울에서 자랐다. 이화여대에서 영문학을 전공했고 프랑스 파리7대학 동양학부에서 '한국 근대문학에 나타난 여주인공들의 섹슈얼리티를 통한 여성상'을 주제로 박사학위를 받았다. 유학 중인 1997년 《라쁠륨》에 단편 「꿈꾸는 마리오네뜨」를 발표하며 등단했다.

장편소설 『4월의 물고기』, 『붉은 비단보』, 『아름다운 지옥』과 소설집 『퍼즐』, 『꽃게무덤』, 『폭소』, 『꿈꾸는 마리오네뜨』가 있다. 그림소설집 『사랑하거나 미치거나』, 『서른일곱에 별이 된 남자』와 산문집 『권지예의 빠리, 빠리, 빠리』, 『해피홀릭』 등이 있다.

2002년 「뱀장어 스튜」로 이상문학상을, 2005년 『꽃게무덤』으로 동인문학상을 수상했다.

유혹
4

권지예 장편소설

1판 1쇄 찍음 2012년 5월 11일
1판 1쇄 펴냄 2012년 5월 18일

지은이 | 권지예
발행인 | 박근섭·박상준
편집인 | 장은수
펴낸곳 | (주)민음사

출판등록 | 1966. 5. 19. 제16-490호
주소 | 서울시 강남구 신사동 506번지 강남출판문화센터 5층 (135-887)
대표전화 | 515-2000 | 팩시밀리 | 515-2007
홈페이지 | www.minumsa.com

ISBN 978-89-374-8380-6 (04810)
ISBN 978-89-374-8376-9 (세트)